静默有时，倾诉有时

黎戈 著

北京时代华文书局

图书在版编目（CIP）数据

静默有时，倾诉有时 / 黎戈著 . — 北京 ： 北京时代华文书局 , 2022.4
ISBN 978-7-5699-4536-2

Ⅰ . ①静…　Ⅱ . ①黎…　Ⅲ . ①随笔－作品集－中国－当代
Ⅳ . ① I267.1

中国版本图书馆 CIP 数据核字 (2022) 第 027178 号

静 默 有 时 ， 倾 诉 有 时

JINGMO YOUSHI, QINGSU YOUSHI

著　　者 | 黎　戈

出 版 人 | 陈　涛
策划编辑 | 陈丽杰
责任编辑 | 陈丽杰　田晓辰
执行编辑 | 来怡诺
责任校对 | 张彦翔
封面设计 | M°° Design
封面插画 | 刘　颜
版式设计 | 段文辉
责任印制 | 訾　敬

出版发行 | 北京时代华文书局 http://www.bjsdsj.com.cn
　　　　　北京市东城区安定门外大街 138 号皇城国际大厦 A 座 8 层
　　　　　邮编： 100011　电话： 010 - 64263661　64261528
印　　刷 | 河北京平诚乾印刷有限公司　　电话： 010-60247905
　　　　　（如发现印装质量问题，请与印刷厂联系调换）
开　　本 | 880mm×1230mm　1/32　印　　张 | 8　字　数 | 174 千字
版　　次 | 2022 年 6 月第 1 版　　印　　次 | 2022 年 6 月第 1 次印刷
书　　号 | ISBN 978-7-5699-4536-2
定　　价 | 58.00 元

这本书里的很多文章，写于我的博客时代。那是一个普通人突然拥有表达空间的年代。如果说我有所怀念，我眷恋的，很可能是那种文字的"野生感"——有时，心追不上手，一辈子好像都没说过那么多话。有时，手又追不上心，奔涌的激情，策马夜奔，溶溶月色，浩浩山河，并不知前路如何，只觉得来不及，像一个骤来的春天那样盛大和无措。

　　如今，这激情已经有了更成熟的样貌，我常常摸摸胸口，知道它还在，就安心了。

　　　　　　　　　　　　　　　　　　黎戈

目 录

第一辑
她们

第 二 辑
他们

第 三 辑

青春荷尔蒙与狂飙时代

第 四 辑

日常生活的质感

第一辑

她们

哈哈，我要写尤瑟纳尔的笔记了，我正襟危坐，双目灼灼，手里攥着一大把尖利的形容词，它们像小毒针似的等待发射，"孤僻，离群，局外人气质，自我状态极强，倨傲，博学，不近人情，寡情……"我用它们固定我笔下的人物，像制作蝴蝶标本一样，我这么干过好多次了，不在乎对尤瑟纳尔再来这么一次。但这个女人实在……太滑不留手了。

何谓自由？如果自由意志也有一个形象代言人，那就应该是她了。她的前半生居无定所，在她还是个小女孩时，常常在半夜从温暖的小被窝里被保姆抱出来，带着她的小箱子，箱子里装着染了孩童乳香的小睡衣。她揉着蒙眬的睡眼，随爸爸坐上夜行火车，奔赴酒吧。迷乱的夜生活，遍地霓虹碎影的红灯区，带着醉意召妓的酒客，和有妇之夫私通的女人……作为一个风流男人的女儿，她在幼时就见过这些成年人的感情生活。

她从来没有进过学校，没有做过一份长时间的稳定工作，没有参加过一个文学团体，没有一个定居点，没有一个固定的性伴侣，她的行李寄存在欧洲各处的旅馆里。但是慢着，从她36岁起，她却和另外一个女人同居了40年。在远离大陆的荒岛上，她们自己种菜、养鸡、烤面包、用水泵打水，没有电视，没有电影院，没有汽车……比一匹狂奔的马更能显示马的力量的是什么呢？我想，就是在高速中刹住马蹄的一刹那吧。尤瑟纳尔就是如此，动亦随心，静亦随性，紧贴自己的思维曲线。

她的祖父差点死于一次火车出轨，她的爸爸少时险被脱缰的惊马踩死，妈妈则因生她而死于产后腹膜炎。当她还是个褐发碧眼的小女孩时，孤独地住在一个路易十八时期风格的城堡里，和一只角上涂了金粉的大绵羊做伴，那时她就知道：生命根本就是一件极偶然的事情，所以她一生致力去做的唯一一件事就是成为她自己。18岁时，她打乱了自己世袭的贵族姓氏中的字母，把它们重新排列组合成一个叫"尤瑟纳尔"的怪姓，就这样，她把自己放逐于家族的谱系之外。她终身未婚，因为厌弃母职，所以也未育。她的血缘既无来处，也无去路。

她不愿意给自己任何一个固定的身份，她不是任何人的女儿、姐妹、母亲、妻子或情妇，她痛恨被粘贴在他人的名字之后。她是谁？她从哪里来？她是那个喜欢艳遇、通宵饮酒、自由为贵、及时行乐的瘦高男人和他的清教徒老婆生的吗？啊，她只是从他们的体内经过一下罢了，她和她的异母兄弟从无往来，相比之下她倒是更亲近树木和动物——在她眼中，众生平等，她可以为爸爸平静地送葬，却会为一只小狗的猝死几近昏厥。

她喜欢男人，也喜欢女人，她是同性恋酒吧的常客。她也为了追随一个男人，和他在海上漂流数月，并为这个男人写了《一弹解千愁》。在小说里，她要求这个不爱她的男人给她慈悲的一击，她在书里把自己杀掉了。她用书面自杀的方式，祭奠她死掉的爱情。然而在硬朗的男人面前，她也不觉得自己格外是女性，一旦离开那张鱼水共欢的床，她和他们一样要面对生活的甜美和粗糙，一样在压顶的命运之前无能为力。她幼时没受过女红之类的闺房教育，长大了，她写的也不是充斥脂粉气的闺阁文字，而是历史小说，其笔力之遒劲，结构之恢宏，逻辑性之强，恐怕连男性都望尘莫及。她是法兰西学院的第一位女院士，连院士服都得请圣罗兰公司帮她重新设计一件，这有什么好惊讶的？她生来活在一切规则之外。

她也生活在时间之外。与她共处的亲人都活在她的笔下：罗马皇帝哈德良、教士泽农……在荒岛生活的40年里，在欧陆单身旅行的那些不眠之夜里，头顶上的星星一动也不动，像被冻住了一样，她瑟缩在老式的高脚小床上，运笔如飞，靠这些小说人物为她驱寒取暖，她熟知他们的生日、星座、口味、爱好——泽农的星座是精灵又阴沉的双鱼座，哈德良的星座是中性又慧黠的水瓶座，到了生日那天她还为他们烤了个小蛋糕呢。她闻得到他们优游其中的时代空气，她看见他们穿着的僧侣服样式，她听到他们种下的一棵郁金香的价钱，她和他们一样生活在中世纪。在她还是一个小女孩、在旅馆的小床上百无聊赖地等着夜归的爸爸时，她就熟谙了用想象力进入异时异地的路径。

她不属于任何一个国度，39岁的她拎着两个手提行李箱，到了大洋彼岸的美国，只是为了投奔爱情——那个叫格雷斯的美国女人。为了避战祸，也是为了显示对伴侣的忠诚，在其后的48年里，一直到死她都是个美国人，可是只要关起家门，她说的就是一口纯正的法语，吃的是法式甜点，读的是法语书。身份证的颜色，护照上的国籍，和她一点关系都没有。

她和那个长得像秃鹫似的美国女人格雷斯，在人烟渺渺的荒岛上生活了40年，这40年的流年水痕，全记录在一本本记事本里，本子里有很多的"*"号和小太阳符号，"*"号代表肉体的欢娱，小太阳是幸福，越往后翻，"*"和小太阳就越稀落，而被沉默对峙的"……"所替代，就像所有的世间夫妻一样。在远离母国、远离母语、无援的荒蛮中，格雷斯对尤瑟纳尔来说意味着什么？我在《默默无闻的人》中找到一段话，也许可以描述她的心境："那个人（荒岛看守者）默默等待着死亡来袭，他盼望着运送给养的船只，不是为了面包、奶酪、水果，也不是为了宝贵的淡水，他只是需要看看另外一张人脸，好想起来自己好歹也有那么一张。"穿心的寂寞已经把人挫骨扬灰，这段话看得我心惊胆战。

在这个一年有小半年大雪封门的荒岛上，两个锋芒锐利的女人，如此近距离地对峙着，格雷斯控制并滤掉了所有日常生活的琐细和杂质，尤瑟纳尔得以保全她近乎真空的安静，在静谧中，她获取巨大的自由，自由出入所有的世纪，人们一直无法弄清，她们之间，是谁，以何种微妙的比例，把自己的生活方式和优先权，强加给另外一个。怨怼，疏离，摆脱控制的欲望，一点点毒化了这对爱侣的家庭空气。一直到格雷斯死后，尤瑟纳尔才发现：自己不会开车，不会处理银行账单，不会操作电泵，甚至她连接电话的习惯都没有——之前这些都是格雷斯做的。

也许自由得自舍弃——她年轻时写的那些书，真没法看，我承认我学识不足吧，不晓得那些啰唆拗口的文字，是不是就是所谓的古典文体。我不明白，为什么很简单的一个故事，要动用那么大的叙事成本，又是铺垫，又是渲染，又是敲锣，又是边鼓。到了晚年，这些枝繁叶茂的描述性细节全脱落完，她的文字，彻底放下架子之后，才开始有了骨架嶙峋的静美。她可以在一个细节里融合大量的信息，比如《虔诚的回忆》里，她写自己的妈妈，在临产前一边准备孩童的褓褓，一边默默地熨烫尸衣——预示她后来死于难产。个体在命运之前的无力、悲剧压顶的郁郁、叙述者的悲悯，都被这个细节启动了。叙事的同时，抒情、背景描摹、时代空气，全部都到位了。

　　有时，自由是悖论——这个一生与文字为伴的女人，最不信任的，也是语言。她生就一张贪欢的面孔，却认为示爱的最高境界是缄默。她声称她不太想父母，可是从20岁起，她开始把他们放进她的好几本小说里，代入各种时空条件下，她写他们写了60多年，她亦很少提及格雷斯，可是后者去世后，她拖着老弱的病体返回欧洲，把她们热恋时的行程反复温习。写作和旅行，是她生命中的两颗一级星，她用它们来缅怀和追忆。什么是至爱不死，什么是至亲不灭？在拟想的情节里，她让他们一次次复活，她徜徉其中，就像她小时候，常常在一条小溪边骑马漫步时的感觉。那一刻，她就是马，是树叶，是风，是水中沉默的鱼群，是男人，也是女人，是妻子，也是丈夫，是爸爸，也是女儿，她充斥宇宙，她无所不在，一切因她而被照亮，她是她自己的神。

《波伏瓦姐妹》，克罗迪娜的书。买它是因为我的女二号情结。我一直对名女人……身边的那个女人比较感兴趣。然而，在书里其实有三个女人。波伏瓦姐妹，还有她们的娘。

波伏瓦夫人是一个典型的中产阶级主妇。彼时的风尚，就是有身份的太太绝对不能有赖以糊口的一技之长。她其实是个力比多（libido）过剩的女人。又没有正当出口发泄，再赶上中年危机、老公外遇，所以只能把所有的怨愤都倾泻给孩子——过度的管束欲。关于这个女人，她的一个亲戚是这样描述她的："她到我们这里来度假，一开始我们很开心，她很活跃又风趣……慢慢她开始管这管那，她走的时候，我们都松了口气。"

大女儿，也就是大名鼎鼎的西蒙·波伏瓦同学，自小性格独立、彪悍。父母对她说话，都是协商的语气，如："亲爱的，不要碰那个东西，好吗?""这个女儿，你没办法按一般的方式对待她。"妈妈说。但小的那个就不一样了，她性子温软得多，至少看上去是这样。父母对她都是用命令句式，她的外号叫"玩具娃娃"。

玩具娃娃喜欢依赖别人。她第一个依赖的人是姐姐，姐姐手把手地教她识字、带她上学，她想全身心地依附在姐姐身上。可是姐姐有了自己的朋友，那是一个叫扎扎的女孩——西蒙·波伏瓦自小就有双性恋倾向。妹妹从此落单了，有一种被遗弃的羞愤。

"你不爱我了？"

"我当然爱你。"

"你不会抛弃我？"

"不会的。"

姐姐熄灯睡了。妹妹哭了一整夜。

成长的歧路到底从什么时候开始的呢？我想在这本书里找到那个微妙的路标。未果。姐姐继续求学，成绩优异，被巴黎高师录取的时候，她是第二名，第一名是萨特。她不屈不挠地在儿时的奋斗目标上前行。"按照自己本来的面目生活。"与萨特结成自由情侣，用她的一生，解释了"自由女性"这个词的含义：不婚，拒绝中产婚姻中的伪善和滑稽戏；不育，组织支持堕胎的签名；反战，结交阿尔巴尼亚劳动党。

妹妹为姐姐担心得发抖，他们被政府列为公敌，随时会被暗杀……说实话，我觉得她真是多虑了。看萨特和西蒙·波伏瓦同学参政，简直是恶搞，门窗大开地聚会，话音四处飘散，成员名单都弄丢在大街上……

妹妹成了姐姐嗤之以鼻的小资产阶级主妇。嫁人，画画，做政府官员，一度还穿了军装。因为她要追随自己的丈夫，后者是文化参赞。"体系的奴仆，小主妇，没有才华，永远不会成功的画家。"姐姐在写给情人的越洋情书里，都不忘记讥讽妹妹中规中矩的打扮和举止。可能是愤懑吧，自己的妹妹，背叛了她们早年的盟誓——绝对不苟且于虚伪的制度。法国知识分子一向鄙夷公务员，杜拉斯骂得更难听。

本书最动人的一段是妈妈临终前，这一家三个姓波伏瓦的女人的和解。

屈指算了一下，老太太去世，是1963年的冬天。我是今年上半年看的《越洋情书》，现在依稀有记忆。情书从1947年开始，持续了17年。也就是说，在1963年的时候，西蒙·波伏瓦的越洋恋情，已经走到了绝路。那年她55岁，身体衰竭，皮肉松弛，阿尔格伦明言相告分手。青春期、男人的温暖怀抱，都一去不复返。而萨特呢？他永远不乏年轻美艳的追求者。西蒙·波伏瓦的心里，肯定也是五味杂陈吧，与萨特的智力联盟，那种精英联手的快感和自得一向是她的精神支柱。

为了自由和独立，连正常生活模式都牺牲掉的大女儿，和母亲隔绝疏离了半生的大女儿，以和家庭对立为荣的那匹黑羊，现在也到了生命、爱情的颓丧老境。在会议、政务、写作的余暇，她也开始常常往家赶，照顾母亲，给她洗澡。

"她的裸体让我难堪。"姐姐说。昏暗的环境下，她给母亲擦身。她缱绻过的男人、女人都不少，可是看着母亲的身体，因为癌症的折磨已经变形的肉体，让她羞耻。"我来。"妹妹长年画人体素描，对各类肉体都习以为常。更重要的是，在她的心里，对亲情的隔阂感，不像姐姐那么强烈。

母亲痛得辗转难安，医生却不给她用吗啡。医生眨眨眼睛，说："用吗啡和堕胎，有良知的医生绝对不会去做。"姐姐看着母亲的痛状，感到内疚，整整14年，自己都在为堕胎合法而奋斗，医生的话无疑是充满敌意的，不给母亲用吗啡，当然是教徒医生对一个叛道女人的报复。

姐姐抱着母亲枯槁的身体，她惊讶于自己忽然涌起的温情。一条隐于地下的河流重新春来涨绿波了。

母亲弥留，姐姐拒绝承认这个事实。她一生强悍，这样的人，不肯正视死亡的终结。很多年后，她也试图闯入萨特的病房。她总是不相信，或者说不接受，她爱的人会离她而去。

母亲死之前说："我为你们感到骄傲。"正是这个母亲，30多年前，为了阻止她们求学，克扣姐妹俩的生活费。倔强的姐姐有半年的时间都没钱吃午饭，一直到她自己挣到工资，经济独立。

最后是看似软弱的妹妹，合上母亲的眼睛，料理后事。

她们各自用自己的方式缅怀。妹妹回到了冰冷的画室，在低温下作画。姐姐整夜翻着家庭影集，不成眠，她甚至在母亲的葬礼上流了泪。对父亲，她没有。对扎扎，也没有。她写了一本书，写人的老年状况，写医疗单位的冷血，写母亲的故事，那本书叫《人都是要死的》。书里，她称波伏瓦老太太为"妈妈"，之前在《他人的血》《女宾》里，老太太的身份是"我的母亲"——客气，矜持，微讽，冷硬的距离感。书的题词则是"献给我的妹妹"。她终于承认,"在母亲的肉里,有我的童年,她去了,带走了我的一部分"。这正是她用一生去抵制的——家庭和血缘,及他们对自由意志的牵绊。

真是值得咀嚼。就像萨特对西蒙·波伏瓦的最高评价,"她就好比我的伴侣"。伴侣,这不正是你们二位终生反抗的婚姻框架中的术语吗?

不完全是爱谁多少的问题。我在想,其中更隐秘的力量是衰老。托尔斯泰临终前的悔罪,萨特弥留时想重返教廷,包括很多人,受到伤害之后,都会变得温情与柔软。还有,中国人说,人之将死,其言也善,其实是当一个人衰弱的时候,斗志软化。如果母亲早死20年,波伏瓦还在悖逆狂飙期的时候,这个和解也不会达成。

书的序言里为波伏瓦的辩解,充满善意但多余。"自纪德时代以来,对亲人的不近人情,已经成为激进知识分子的一个思潮。"简直是越描越黑,启人疑窦。

长裤对于女人，可以是一种最简约的独立宣言，比如乔治·桑。她有真正的混血气质，不是指血统，而是指出身的落差——她妈妈是个随军妓女，而她爸爸是个男爵，她自幼在一个大庄园里孤独地长大。和尤瑟纳尔一样，因为没有参照系，只好把自己活成了一个自转的星系，她的棱角从来也没有被打磨的机会，所以她根本用不着在人群里制造个性凸现自己。作为彼时法国唯一一个自己养活自己且顺手养活情人的女人，穿长裤、马甲、马靴，抽烟斗，出没于文学沙龙，只是她幼年穿着骑马装、独自涉水远足的延伸而已。

对于乔治·桑而言，长裤也是一种姿态，如果说她选择用男名出入文坛，是为了赢得一种没有被偏见污染的解读，不至于让读者打开卷首就进入阅读闺阁文学的闲散和惰性中，那穿长裤就是她在用身体语言说："我，生而为我，是多么愉悦的事情，我很享受这个。对我来说生活就是此时，这一刻，永远是最好的，我只追随自己的本性做事，散步，骑马，穿男装在田头睡午觉，自由选择情人，别想拿狭隘的女性行为路径拘泥住我。"

这个当时法国唯一一个穿长裤的女人很幸

运，生在一个新旧价值观交接的年代，整个浪漫派阵营都是她的精神后盾，所以，得罪主流审美观对她来说，只有娱乐的快感，而不必付出离群的惨重代价。如果早生100年，她的叛逆激情会让她被送进精神病院；晚100年，她难免不被草草塞到西蒙·波伏瓦的女权阵营里去。事实上，乔治·桑的可爱之处恰恰在于她的热力，既不是宗教情绪式的献祭热情，也不是女权分子式的两性对抗，她就是一个女人原始欲力和自由意志的结合。她爱男人，也在享受他们的爱，到了60岁她还在坚持洗冷水澡，只是为了让身体保持最佳状态，皮肤紧实，精力充沛，好和那个比她小22岁的男人共享鱼水之欢。她在爱能上，和她在物质上一样慷慨大方，那种貌似清淡的碎碎的小喜欢，可满足不了她的大胃口。"我被一口口地、断断续续地弄得筋疲力尽，我站立不住，多么疯狂的幸福。"哈哈，这就是200年前的妇女性爱日记。

有时，穿长裤的女人会爱上一个穿长裙的女人，比如麦卡勒斯对凯瑟琳·安·波特。以上两位女士都隶属于美国南方作家群，这个文学团体，就像中国的江南作家群一样，都是我的最爱，居移气，养移体，文气一样是受地气和血统影响的。他们的文字里，都有分外纤细的神经末梢、阴湿的情绪流、暗影中出没的情节。制造这些文字的南方派作家身上，也有相应的配置，凯瑟琳·安·波特是老式的南方派淑女，这种女孩子在《飘》里俯拾皆是。她们是骨架沉重、品质精良的老红木家具，尘土飞扬的旅途中，头发也要梳得一丝不乱，战火喧嚣的太平洋舰队上，也要用骨瓷杯喝咖啡，沉淀在骨子里的世家修养，通身的贵族气派，一举手，一投足，都有传统的重量。这个修养里的一个默认值，就是女士一定要穿裙装。

可是麦卡勒斯呢，上帝造她时肯定是分了心，造到半路就撒了手，既没有给她配备女性的妩媚身线，也没有给她善于讨好的甜美性格，她就是她笔下的弗兰淇。"一切都得从弗兰淇12岁的那个夏天说起，这个夏天，她离群已久，她不属于任何一个团体，她无所依附。"（《婚礼的成员》）只是开篇的一句话，汹涌的痛感扑面而来，如果你曾经是一个被群体排斥的孩子，如果你有一个被群体排斥的孩子，你就会明白。麦卡勒斯老是让我想起《男孩不哭》里那个女孩：孤绝，倨傲，中性，游离在人群的边缘，想凑近人气密集的地方取暖，不得，也不怒，只是瘪起嘴角，几丝自嘲，装出一副不在乎的样子，因为如果没有自怜的黏液来润滑伤口，连痛都是生冷的干痛，反正不能见容于主流审美，索性来点孩子气的恶作剧，彻底走到对立面去自宠好了……麦卡勒斯也是一个终生穿男装的女孩。她的奇装异服是她随身携带的小型舞台，她自己是出入其中的唯一舞者、导演和观众。这让她可以保护好自己的疏离，安全地自恋着。

且不提反常的性取向，就是穿长裤、衣衫邋遢、不修边幅，就足以让凯瑟琳·安·波特彻底地厌弃麦卡勒斯了。想想郝思嘉（小说《飘》中的女主角）因为不带阳伞就被黑妈妈训斥的场景，老式淑女的教养有时甚至是一种洁癖，对不谙此道的麦卡勒斯而言，则干脆是一道屏障。南方淑女的外柔内刚，我们在《乱世佳人》里见得多了，所以当麦卡勒斯絮絮地敲着波特的房门而后者无动于衷时，基本吻合我的预想，可是以下的发展多少让我有点吃惊：当波特以为麦卡勒斯已经知难而退而打开房门时，却发现后者匍匐在门槛下准备爬进来，这时，她居然从后者身上目不斜视地跨过去了！我想在这场角逐中，穿长裙的打败了穿长裤的，因为波特的理直气壮是有一个阶层的价值观：对自己是个正常人的自得，占领道德高地的优越感——这些内在力量支撑着她。麦卡勒斯有什么？除了充满孩子气的遗世独立，暂且达到峰值，可以冲破理智堤坝的感情，一旦峰值回落，她会比任何人都尴尬，所以如果说穿长裤的女人强势，那只是表象。

示弱和依人，是旧时女人最基本的两个技术活儿，穿裙子操作起来一定比穿裤子方便，所以赫本一定是穿裙装的，而嘉宝肯定是穿裤装的。赫本小时候被爸爸抛弃过，虽然有维多利亚式的淑女教养使她自制，既不多话也不滥情，但她骨子里是个情绪化且没有安全感的人，每次上台演出前都瑟瑟如风中荷叶，也许这才是她最动人的地方，有一种惹人爱怜的无助。嘉宝整个人大概都融进了她"瑞典女王"的角色中，硬朗、专权、独立、自持，完全不介意外界的价值评判标准。

我有个姑母，从小被当男孩养的，一辈子都没穿过裙子，"文革"时去了新疆生产建设兵团。千里塞外，明月孤灯，耳鬓厮磨，青春期的萌动下，她恋上了同屋一个温柔婉转、纤细柔弱的女孩子，两人好得如胶似漆。后来人家家里动用关系提前回城了，我这个姑妈也没哭没闹，闷着头给她准备了一篮子吃食，送人家回来的路上，就跳了马车。后来我一直在想那个场景：漫天的大雪如絮如烟，疾驰的马车，一个穿红衣服的女孩子，内心决绝如铁，眼里有冻结的杀气……当然她没死，她也胡乱嫁了个男人，借此回了城，女儿还在襁褓里就离了婚，法庭上男方痛斥她，"滚热的热水瓶啊，就那么劈头盖脸地扔过来"，她惨淡地笑，并不否认，更没提他在外面有人。我家里人一直说男方龌龊地诽谤她，我却暗想她是做得出的，我这个姑母，爱恨都好走极端，没有调和的中间路线，爱就是生死相随的狂爱，恨就是欲置对方于死地而后快。我爸一直说我的烈性有点像她，我想到底是不同的，她是在刀锋上赤足走过、知道那种凌虐痛感的人，是真正豁出自己、无所保留的人，我怎么舍得……她再也没有结过婚。

所谓孩子就是这样

卡森·麦卡勒斯：

看麦卡勒斯传记的时候，我一直在想，所谓终身制的孩子，就是像她这样吧——被密密实实地保护和宠爱着，远离责任机制；在物质或感情上总有源源不断的补给。可是这个孩子呢，却总是把自己想象成弃儿或流浪儿，她喜欢暗中享受那种被虐的快感，她把自己的内心分为里屋和外屋：外屋里，被她的妈妈或丈夫，或被她才华的芬芳吸引来的"蜂与蝶"照顾得衣食无缺。她呢？则蹲在里屋的墙角，咫尺之遥的家人就是天涯，她唯一可亲近的玩伴是自己的黑色想象力。她用它在里屋墙壁上涂抹着她的黑童话。童话里住着驼背、大个子怪物，马戏团里才会出现的畸形人……她像玩积木一样把玩搭放着他们的命运。

我一边看就一边乱想，书很厚，近60万字，细节的资料比冬雪堆积得还厚，因此，主体轮廓线比春天还不清晰。然后我又走神儿了，放下书，发会儿呆。窗外角落里未融的几丝雪痕让人恍惚，外面的阳光朗朗照着，我想从这本书中逃离。书倒不是不好，只是春天来了啊……我老走神儿。

我和自己搏斗着，把注意力拖回麦卡

勒斯身上。这是一个古怪的孩子，从小被视为天才，除了证实自己的天才以外，别无其他生存目的。极度利己，5岁时她差点谋害了新生的妹妹，只是怕后者分走自己一份母爱。一个消耗型的孩子，以勒索和独占他人感情为生，就像温暖的火光需要耗掉空气里的水分和氧气一样，她必须用别人的关注、照顾和崇拜滋养着才能存活。当她写作时，家里必须静谧无声；当她休息时，这些沉默的爱戴者就得马上组织一个活动沙龙，供她嬉戏和取乐其中。他们得用她的尺寸裁剪自己，凡是近身于她的人，精力都被她消耗殆尽，最后灯枯油尽，根本也不可能再建设自己的生活……我书写文字的速度让我不安，我意识到自己是想用压缩的语言把这个孩子交代完就溜走。

是我太缺乏母性吗？我发现自己对她有点不耐烦，我试着启动我薄弱的同情心。她自幼不合群，她就是她笔下的弗兰淇。"一切都得从弗兰淇12岁的那个夏天说起，这个夏天，她离群已久，她不属于任何一个团体，她无所依附。"这个孩子，孤绝、倨傲、中性，游离在人群的边缘，想凑近人气密集的地方取暖，不得，也不怒，只是瘪起嘴角，几丝自嘲，装出一副不在乎的样子，因为没有自怜的黏液来润滑伤口，连痛都是生冷的干痛……其实这种疏离把她伤到了骨头，伤到了根，就像所有曾经离群的孩子一样。那种被弃的羞愤，让麦卡勒斯终生都生活在惶惶不安之中，所以她练就了熟练的邀宠技术，她非常善于设计自己的形象，能视对方的口味即时调整自己的软硬度，比如：她是个泳技很好的人，但她可以在人前装出胡乱扑腾、不谙水性的样子，甚至还能逼真地呛几口水，带着孩子气的恶作剧快感。她可以铿锵，可以示弱，只看怎样才能最高效率地赢得对方的关注和照顾。

即使是成年以后，麦卡勒斯也不是所谓的"青春期乡愁症"患者，事实上，她从未远离过她的孩童时代，在她脆弱、多病、修修补补的肉体容器里，始终保持着一双清新的孩童之眼，以及有时会绽放出邪恶毒焰的孩童之心。她从未远离过她少年时代的那个夏天，那是一个绿色的、疯狂的夏天，它来得迅捷又轻悄，树叶的新绿被浸泡在蝉鸣里发亮，紫色的藤花谢了，傍晚的昏暗被万家灯火照亮，鸽群归家之后，天空分外辽阔与空旷。这个小镇的孩子汗落如雨，被心里的烦躁折磨得要发狂。她走遍了每一条黄昏的街道，心里的花蕾带着疼痛的表情张开，她等不及要长大，要离开。她趴在小镇的图书馆里，能搭救她的只有暗喻离开的词汇——"纽约""摩天楼""大雪""海水"，还有在别处的生活：契诃夫、彼得堡、雪橇、茶炊、夜霜……这个孩子埋首于这些清凉的词汇里，被一场阅读的大雪覆盖得异常苍白。

这个孩子一辈子都冻结在这个临界状态上，介于少女和女人之间的那个状态，她们通常也是她情节的承重者，半夜溜出来买烟的米克、穿男装玩飞刀的弗兰淇，她们无所依附，无处投奔，孤独，绝望，坏情绪，对抗性，折合成一个青春期的病孩子，她这辈子都纠结在这种离去的情绪之中。南方小镇的闭塞生活，像一条衰老的运河，裹挟着日常生活的碎片，向前缓缓地流去。她怕自己溺毙其中，霉烂和腐败，她试图逃离自己的命运，可是乡愁每次都和离意同步生出。南方小镇哥伦布，是她小说中人物的定居地，也是麦卡勒斯本人的情绪储备源。她总是不断地离开，再回来，更新她自己的"南方感觉"。

这个孩子甚至还和另外一个孩子结了婚——利夫斯，与其说他是麦卡勒斯的夫君，莫若说是她的玩伴，这是两个在玩过家家的孩子：初婚的麦卡勒斯很雀跃，和着圆舞曲的节奏跳着舞步去倒垃圾，浸在音乐声中大声地诵读菜谱，她甚至用想象力改造了夫君的出身、背景、外形，掩藏缺点，放大诱惑，附在信尾。他们一起环游世界，夜夜笙歌，把威士忌当水喝，尝试各种与作家身份相配的、实验性的生活方式……可是她全无一个妻子的责任心，一旦婚姻的新鲜快感退潮了，她把它排斥在自己的注意力旋涡之外，去找其他的男人或女人，和他或她上床，就像对待厌弃的玩具一样，一个孩子的全部残忍也就是这样了。

这是个臆想世界非常发达的孩子，她不是个诚实的复述者，也不是个勤于动手的操作者，音乐也好，文字也好，婚姻也好，对这个孩子来说，只是可以任她的想象力去涂抹的一面白墙而已。她小时候的玩伴都不喜欢她，因为给她们弹琴时她会突然即兴创作，丢开原来的曲目——麦卡勒斯从来都是一个创作者，而不是阐释或演绎者，她也写不好小说之外的叙事文字，比如忠实并精确复制现实的新闻报道，撤除夸张、变形与畸态，让她去贴着事实地平线低飞，她觉得窒息。

她也不喜欢动用直接经验储备，像很多孩子一样，她更亲近一个想象中的世界。写《心是一个孤独的猎手》时，她爸爸说"亲爱的，你一个哑巴也不认识呀"，她说"没关系，我认识辛格就行了"。甚至她的写作方法，也是孩子玩拼图式的，不带说明书的那类游戏：没有预置的情节线、大纲、核心，只是散落的情节碎片、人物速写。这个孩子就用失神的眼光、僵滞的身姿，浸泡在她孩子气的想象力里，等着神降天启，帮她把零件组合起来。

这个孩子总是误解自己的热情，她总是真诚地在伪装，她对一些事物的感情，其实是基于抽象层面上的，就像很多孩子喜欢动画片里的米老鼠，却会被厕所里横行的大老鼠吓哭一样。麦卡勒斯的米老鼠就是，诸如政治、黑人、儿童等——她态度激越地反对种族制度，她笔下也有很多政治狂人，可是小时候她一直愤愤于家里没有黑人佣仆。她病重的最后10年，一直是个黑人女奴在尽心照顾她，可是麦卡勒斯只留给她令人心寒的菲薄遗产，她骨子里，根本也没有彻底放弃阶级意识。她声称她喜欢儿童，当然这也仅限于被想象力净化处理过的天使，不是现实中流着鼻涕、随地大小便的那类活物。

然而我为什么要枯坐在这里，背对大好春光，敲出这些絮语？我总得对自己有个交代，我想是为了纪念那些疼痛的时刻，当少女米克在一场想象中的大雪中闭上双眼、任那个男孩进入她的身体时，当弗兰淇手插裤袋、吹着口哨、浸润在内心的音乐里孤身上路时，昏睡在我记忆里的、那些青春期的惨烈余韵，被这个孩子镜子般的直白道破了，激活了。一个孩子总是深谙动人之术，所谓孩子，就是这样。

很多年前我就知道弗吉尼亚·伍尔夫的存在，就像我知道伊甸园神话的存在一样——她是一个在不同语境中被反复引述和重复的名字，她带着她明净的额头、尖刀背似的大鼻子、常常出现在唯美派画册里的那种知性的鹅蛋脸，穿行于一列大不列颠知识分子军团的信笺里。那是一群在20世纪前30年度过了他们成熟期的人，也是埋葬了维多利亚社会又试图让它纤细僵化的道德活跃的一代人。达尔文的进化论让他们失去了相信上帝七天造人的可能性，残忍的爱因斯坦更在1905年抛出相对论，这下连时间和空间都无法信任了，他们只好转向去精研自己的内心，对自己用尽心思。他们每天要写大量的日记，余时就给另外一些人写无数的信笺。所以这个叫作布卢姆斯伯里*团体里的成员个个都是书信体大师，也就不足为奇了。

作为这个团体的核心成员，弗吉尼亚被喻作英格兰百合，这个意象很契合她，最美的百

弗吉尼亚·伍尔夫：
她说百合是种太苍白的花

---

* Bloomsbury，当时英国知识分子的一个小团体，用凯恩斯的话说，堪称"精英的聚会"："他们以其智性的品格和怀疑的精神，反抗传统，特立独行，对当时的英国社会风俗和文化模式都产生了相当影响。"

合都开在唯美派画册里、圣母的手边、圣婴的笑颜旁。百合本身就是一种精神意味大于肉身美的花，相对于桃花的艳情、牡丹的肉感、玫瑰的甜俗，它简直是禁欲味道的，弗吉尼亚本人正是如此精神至上：她醉心于朝拜艺术圣地、收集艺术品，但在生活里，她一辈子都穿着粗布工作服，在冬季没有取暖设备的"冰窖"里工作；她视肉欲为肮脏的动物性，却苦心收集别人对她美貌的口头称赞；她择偶时从不关心对方是否有肉体美，是否有物质背景，甚至性取向如何，却一定要足以与她的智性匹配；像波伏瓦一样，她背离并且鄙夷上流阶层的生活方式，却从来没有淡化过骨子里从属于这个圈子的精英意识；5岁的时候她给姐姐写信，"谢谢你对我仁慈的耐心"，而姐姐的回信是，"我多么喜欢你香豌豆色的头发"，后来姐姐成为画家，她却成了作家，审美角度的歧途，其实在早年就足见端倪。

她很像一台配置失衡的电脑，思辨力、逻辑力、想象力，凡是智性系列的操作系统配置都很高，而性欲芯片配置却几乎为零，她并不是敌视性欲，她是压根儿就不理解这玩意儿，所以她选择的多是同性伴侣，只是因为这样便于操作她无垢的"精神之爱"而已。小时候她同父异母的哥哥把她抱在窗台上，扒开她的私处迎光看看；长大了他继续用拥抱、接吻等临界动作猥亵她。这些暧昧的性侵害史像频频发作的病毒一样，使她本来就已是低配置的性欲芯片几乎瘫痪，直到1941年，她投水自杀，用死亡疗法彻底使自己死机。

从9岁那年，她就开始顽强地自我教育，她的营养源只是爸爸的书房、与哥哥交谈的碎片和伦敦图书馆而已。她不眠不休地写作、不舍昼夜地阅读，每写完一部作品，她就要崩溃一次，在崩溃的间歇，她写一些轻量级的作品作为放松，余时则写大量的日记用以观察自己的下意识。她此生最大的娱乐是写信，大概有几千封之多；她参加有限的社交活动，也是为了带上捕蝶网为她的小说收集人物和情节标本；她交友、恋爱都必须经过文字这个介质，对方必须和她一样是文字的信仰者——我从未见过一个人，像弗吉尼亚这样，终其一生，从各个方向顽强地与文字发生关系。它们是她的伤口，也是止疼片；是她的宠物，也将她驯养。就像小王子的狐狸一样，"你对你的玫瑰所花费的时间，使得这朵玫瑰，对你变得那么重要"。

　　可笑的是，这个连自己独自上街买件衣服都会打哆嗦的神经质女人，居然常常被比喻成狼。她要是匹狼，也只是身着狼皮而已，伏在她貌似强势的女权攻势下的勇气，只是一块蓄电池，真正的勇气来自她身后的人——小时候是妈妈，未成年时是姐姐，最后的终身接班人是她的丈夫伦纳德。这个女人活在文学史上是个奇迹，真要移植到你家客厅里，只能是场不折不扣的灾难：她会在做饭时把婚戒丢在猪油里，还会在参加舞会时把衬裙穿反。她的锋利不过是"舌辣"，而不是"根辣"。而她的丈夫伦纳德呢？他曾经在噩梦中把自己的拇指拔脱节了，这种"噩梦中的畜力"在看似优雅的弗吉尼亚身上一样有，他们在某些地方是完全对称的。在弗吉尼亚还很小、无法熟练使用语言暴力的时候，她就有一种阴郁的能力，她一旦震怒，她的兄姐们立刻感到周围气温陡降，头顶飞过一团乌云，恐惧压顶。这两股子蛮力，有时是反向的，比如弗吉尼亚疯病发作的时候，伦纳德就得用自己的蛮力去压制她的；在她无恙的时候，这种蛮力转而成为一种远景式的呵护，保护着她在生活中的低能。为此他搭上了他的青春、生育权、一根健全的神经。这一切，我想大于一个男人对妻室的爱意，它更是他对她文学天才的保护，对某种绝对事物的信仰，这种纯正的反犬儒气质，才是真正的布卢姆斯伯里精神。

很多艺术家都有自我形象设计癖，并不是他们刻意撒谎，只是他们太热衷于虚构：比如阿加莎·克里斯蒂，她喜欢把自己设计成一个素人作家、以写作打发闲时的闲妇，但是任何人胆敢质疑她的作品，她立刻像母狼一样，从窝里凶悍地扑出去捍卫它们；还有弗里达，她明明是1907年出生，可她在所有的官方履历表上填的都是1910年，那是墨西哥大革命爆发的一年，她觉得这有利于把自己塑造得带有"革命之女"这种激越鲜亮的背景色，更能映衬她波澜壮阔的政治思想。与她们的耽于自我的戏剧化不同，弗吉尼亚的自我调节恰恰是反向的。她在行文时也是一样，非常淡漠人物的戏剧特征，却很关心他们的精神构造。

1917年，她认识了新西兰女作家曼斯菲尔德，基于对一种即将出现的新鲜文体——意识流文学的敏感与革新意识，她们彼此投契，又基于同样的原因，她们彼此嫉恨。在交谈甚欢的流沙之下，是弗吉尼亚比水泥地还结实的顽固势利眼，她是个超级势利眼，但却是一种教养和智性的势利，并不涉及对方的物质背景，这也是她全部的价值观，这种势利眼的证据频频出现在她六卷本的日记里。关于曼斯菲尔德，她写道："这女人是个商人的女儿，她穿着像妓女，谈吐像婊子，身上有体味，像一只刚刚卖过淫的麝鼠。"

还好，弗吉尼亚除了有一根多刺和不忠的舌头、过于精密的头脑、踩了油门就踩不住刹车的想象力之外，还有尚算健全的自省机制。她像一只冰箱里的表，低温，精密，24小时不眠不休地自我精确定位，她又在日记里盘点了自己的灵魂，承认自己嫉妒曼斯菲尔德活泼自主、实验性的生活方式，和比她本人大得多的异性社交半径。正负加减之后，账面显示的结果是中正的：（曼斯菲尔德）是一只可爱的猫科动物，镇静，疏远，独来独往。

甚至她的发疯也是同样质地的，这种发疯的可怕之处也正在于此：她是在完全清醒的情况下发疯，像是一个人隔着雾气斑驳的玻璃窗，看着屋子里的另外一个自我在发疯，却无法打破窗子把那个自我救出来。想一想，这个热爱阅读的女人，她甚至把不能阅读都当作她自杀的一个原因，如果她不停地发病，能阅读的只余下自己的疯狂，那会把她带到一种怎样的境地？如果她选择放弃这种智性生活，不再写和读，不再做任何刺激智性的事，医生说她可以不再发疯，但是她说"不能写，毋宁死"。谁说放弃生命不是一种爱的方向？选择与卑贱的形而下生活苟且求和，是一种勇气，放弃也是，这才是布卢姆斯伯里精神的骄傲、绝尘处。

在那部叫作《时时刻刻》的电影里，伍尔夫一边走上楼梯，一边说："I may have a first sentence." 这第一句话就是，达洛维夫人说："我要自己去买花。"自己去，不受他人干涉，她去了花店，她说，百合太苍白了，她不要。弗吉尼亚，这朵英格兰百合，亦被她自己放弃了："亲爱的伦纳德，要直面人生，永远直面人生，了解它的真谛，永远了解，爱它的本质，然后，放弃它。——伍尔夫。"至此，她已经有过两次自杀的经验，她熟练地蹚过浅水，走向河中心，边走边把一块大石头塞进口袋里。我合上眼，耳边是电影里的音乐，它简单地重复，平直地来去，并不太汹涌，像时间，回复往返。

20岁开始，她就在她的文字里，穿着大人衣服、化着成人妆，佻挞而行。她的文字，拉长着一张怨妇脸，比她本人的脸、比她的恋爱经验，都苍老得多。她并不与她的文字平行，也正是因为不平行，老来她才写了《同学少年都不贱》，里面有很多她在女校生活的痕迹，这些陈年的破碎光影，带着水纹之下的微微错位，是含在回忆这条大河里、被吞吐着的水影：温润，低回，恍兮惚兮，半明半暗。有了这块遗失在角落里的拼图，才让她的一生有了完整的成长线索。

老掉的记忆，连转角都是圆润的，里面有一个敏而寡言的少女，爱慕着另外一个运动健将，自然后者也是女的。她在厕所里，远远地看着那个她来了，声色不惊地避让了，然后拣她坐过的马桶，也不管脏不脏，就着那余温坐下去，这个枝节的温情，大过整部《张爱玲全集》。慢着，我们几乎要忘了张爱玲也是有青春期的，当然她有，只不过别人的青春期都是绿叶青枝，她却是惨红少女。那是继母淘汰的一件旧红棉旗袍，冻疮的肿红色，她一冬又一冬地穿着，冻疮后来是好了，心底还留着冻疮的疤。女校的学生大多家世出众，更何况女孩子之间隐约匍甸的攀比风气，她又是那样心细如针尖，一点小小的起落对她而言都是惊涛骇浪。她没有先天的眉目绮丽，没有后天的华服配置，红花绿叶的铿锵斗艳中，她只有选择沉默，正如她后来对这段不愉快的记忆保持沉默一样。

一直到后来见到了他，她才有了与她年纪平行的意气风发，"风柔日薄春犹早，夹衫乍著心情好"，她的柔风，她的早春，都源于这个男人眼里的温情。只要他坐在那里，漫山遍野都是春天，她的冬眠期就结束了。她想，那件冻疮色的旧衣，代表她丑小鸭时代全部自卑感的旧衣，可以彻底在她的生命里隐去了吧。他就是她的夹衫，柔软、贴身、轻巧，卸了冬衣的沉重，整个人轻快得好像要飞起来一样。然而也正是春衫轻薄的质地，命定它不足以御寒，他和她的缘分，只是一件春衫而已。然而也顾不得这么多了，来日大难，那是来日的事，今日相见，亦当喜乐。人生最快乐的，不就是撒手的这一刹那吗？他是她的春衫，她则是他的一袭织锦浴袍，华美、奢侈、精致，却不是家常的物事。果然，大难来了，他不要她了——你怎么能奢求一袭春衫陪你过冬呢？

她是个写小说的人，惯于预设结局，她可以干涉小说里的情节走向，"上帝说有了光，就有了光"，这是小说家的权力。可是这次，她做不了自己的神了，但她至少可以袖手等待那滚热的、致命的一击。她把倾斜的自己泼出去的一部分，一点点收回来，也许，挥剑的功用，可以让断裂的部分从此与众不同吧。她远远地看着，像冬日一抹淡白的阳光，明晰，冷淡，却没有能力干涉这一切：乱世，败局，骤然降温的人与事。她不哭，不闹，也不多话，落幕的一刻是顶顶肃穆、需要敬意的一刻。嘘！不要惊扰了回忆，这一丝丝温柔的纤维，是要咀嚼一辈子的，是要捧在水晶花瓶里供着的——这是她最初和最后的爱。

那件冻疮色的旧衣，并没有在她的生命里彻底隐去，老来她又把它翻出来，也是在那本叫作《同学少年都不贱》的书里，还是那个叫赵珏的女人，她像张爱玲一样去国离乡，晚年潦倒，懒得置办晚礼服，随手扯上几尺碧纱料子，粗针大线地一缝，就披挂上阵接见外宾了。冬衣亦是陈年的，把扣子往里缝一下，改成斜襟，腰身变小，就这么重新把自己和冬天一起打发了。男人多看她一眼，就心头一紧，想着是不是穿旧衣被识破了？自卑感的旧疤疤还在，只是欲振乏力，过去是财力，现在是心力。置衣情绪的疲劳，是一个女人彻底放弃的标志，写书的那个女人，张爱玲，亦是如此的疲沓相：才情的支架还在，可是文气已泄，很多漂亮的小细节，随手就扔那里了，根本就没有心力去经营，要是依着她从前的任性，还不知道要铺张陈设成什么样。我还记得最初看她的小说，真像是元春省亲，随手掐枝的都是华美的细节，看得人心里只默叹奢华太过：这样的才满而溢，一路拔高上去，到时要怎么收场呢？

"天上星河转，人间帘幕垂。"这次是一个900年前的女人在失眠。这个女人，国破了，家亡了，她每每借着一点酒意才能睡去，这点昏昏的睡意，却又脆薄如纸，夜来初凉的枕簟是孤枕，抵抗不了四下伏着的沉沉秋意，被冻醒后，她起身翻箱子找御凉的衣服，烛光摇影，窗外有零落的蝉鸣，她找出一件旧衣胡乱披上，对着竹帘筛出的满地碎影发呆。她冷，她抱紧自己，除了自己，她什么都没有。便是这一点呵手的暖气，也是她自己的。这是个乱世，她找不到无边荒凉里的小欢喜，她想哭。前尘是一场纷纷摇落的旧雨，怎么下也下不完，天就怎么也亮不了，我每次看这首《南歌子》，心里都是不见天日的混沌。

小欢喜……这件旧罗裙一如她的身体，亦有过丰美的华年，罗裙上绣着的，曾经是连绵的莲蓬和藕叶，藕叶的金是织金，莲蓬的翠是翠茸。南宋文献记载，邕洲右江地区，出产一种翠鸟，取其背羽织线为翠茸。翠茸在不同的光线效果下会显现不同的色彩，忽而红艳，忽而绿暗，好像是"暗红尘霎时雪亮，热春光一阵冰凉"，这么想着，便是连这件衣服也带着炎凉的意思了。她摸摸上面已经被磨平、洗褪色的莲蓬，藕叶还有荷花，它们也是她在词里宠爱的意象，荷叶田田，荷花亭亭，她想，多么像女人盛年时的身体，丰盈的肩与臀，起伏出暖红的色情。

她有过肆意的少女时代，官宦人家的小姐，锦衣玉食地被宠溺着，闲时和姐妹去后花园荡秋千，"蹴罢秋千……薄汗轻衣透"，湿的是这件旧衣吗？罗裙渐渐地被体温暖了，丈夫死后，她终日慵懒于梳洗，更没有置过新衣，这件南下逃难时带来的旧衣，也早已"翠贴莲蓬小，金销藕叶稀"了，丈夫早亡，长年寡居，至于国……国早已不国，这么娇媚的衣服禁不起乱世的揉搓，等李清照翻出这件旧衣的时候，南宋小王朝已经偏安杭州，她本人亦流寓金华。出产翠鸟的右江，早已成为当局无心也无力收拾的旧山河，千里江山，别时容易见时难，即使见了又如何？莲子已成荷叶老，她憔悴了，她罗裙上的花儿憔悴了，她的词句也憔悴了，红底飞金的锦绣华年，早就随颓势"翠小，金销"了。一个女人的老去，一个王朝的衰落，一个意象的败局，已被一件华服的凋败道尽。

现在，是一个活在现时的女人，她像猫一样警觉而轻盈地出没于人群之中，她所有的衣服都是安全色系，以不引人注目为要旨。在2005年最后一个可以晒衣的好日子里，她站在阳台上收衣服，她打开窗户，收回竹竿，想着马上就要是穿冬衣的日子，连举臂的动作也立刻沉滞起来，心里更是无端地烦躁，又想起那些曾经在纸上与她对坐晤谈的、清词丽句里旖旎而过的女人，她们的冬衣、轻愁与幽怨。她想着想着，手里的动作便慢下来，她把衣服折好，收起来，放进衣橱深处，想着保持好身材，来年好不辜负了这些旧衣。她还想了很多很多，而她能做的只有在例行而来的一个人的长夜里，听着雪霰敲窗的噼啪声，对着大雪纷飞的天幕，默默地把它写下。

曾经爱过的杜拉斯

一年之内，这是我第三次谈起这个女人，每次的视角都在转动，其中当然混合着我自己的成长。事实上，如果一个人能够糅合进你的成长，那你就很难对她有个固定的态度。让我想一想，我第一次见到她是什么时候？应该是十三四岁吧。逃学的午后，冬天，微雨，空气中充斥着湿答答的雨鞋气味、书店里骑马钉的铁锈味，只记得雨中一切都很安静，行人穿越马路的身姿都严肃许多，我怀抱着那套书，心里充满了安全感。很多年后，贝娄在书里帮我析出了这种情绪流的逻辑："看见书架上的新书，就好像看见某种充实生活的保证。"我心想，是了，这就是了。那是作家出版社的一套作家参考丛书，有米兰·昆德拉等人，还有她，杜拉斯。记得那本书是六块六毛五分钱，那是一个价格有耐心精确到"分"的时代，我想，杜拉斯其实与那个时代倒还合辙，这真不是可以被速读的女人。

那本书叫《情人·痛苦》，后来被借丢了，但心里一直惦念着，封面是黄绿色的——刚腌的雪里蕻，未煮开的第一浇中药，秋日最后一茬割过的衰草，就是那个颜色。摊在我的手里……什么是幸福？就是掌握一本比16开略小、200页左右的书时，那种真理在握的踏实手感。我一直觉得幸福是实感，而且是低级感觉，按丰子恺老先生的归类法，凡与肉身直接接触的均为低级感觉。我的幸福是：黄昏归家时的饭菜香、婴孩抱在怀里的重量、一线似有似无的乳香、熟悉的烟味混合熟悉的肉体、抚摩一本旧书的手感——结论就是我的幸福比较低级。

心里就这么为她留白着，像为浪子等一扇回家的门，我知道它一定会回来，你说我盲信也可以，反正所有的痴情说到底，也就是心有不甘而已。当你一切在握后，所谓忠贞也不过是彻底的疲劳感嵌着怯怯的道德自律。然而我对她到底是有一点真心的——杜拉斯热兴起的那几年，别转头去；在每一个提及她的声音面前，别转头去；在南大的许钧教授组织出版杜拉斯文集的时候，别转头去。水深静流，不动声色地等待，等待所有人都路过以后，等这个名字慢慢降温以后，等待她最终属于我一个人的时候。直到前年，我去南京图书馆找一本关于司法解释的书，也是别转头去，却在尘封的小角落里的一堆书里，又看见那本书，那时的感觉是，蓦然回首。

晚上洗漱干净了，手指甲也剪过了，还在那里磨蹭着，惆怅旧欢如梦不难，旧欢新交倒比较困难，再去读的时候，记忆中的字句就跑到眼睛前面去了："你被押解出境已经月余，但我一直感觉你就在我身边，面朝着壁炉，面朝着电话机，右边是客厅的过道，你坐在那里，烟头的红光明明灭灭，我无法克服你的在场感，我常常失声叫出你的名字。你没有理由不回来，盟军终于越过了莱茵河、阿尔萨斯、洛林、阿夫朗什。防线终于被摧毁。德军终于撤退。感谢主，我终于活到战争结束。"

我闭上眼睛，阿尔萨斯、洛林、阿夫朗什……感谢主，这么多年，记忆像水洗一样，所有的字句还是一样地历历在目，色泽如新。天哪！我想这就是所谓忠贞。"你此去经年，我心内成灰"，如果哪天我的那本《情人·痛苦》辗转到你手上，在这页的页脚上，你可以看到我少年强识愁滋味的这句注脚。少女时代就读过杜拉斯的人，这一生怎么可能再有波澜壮阔的爱情呢？所有的常规峰值在她面前都微不足道，这些间接经验的累积、过度发达的触媒、对爱情的臆想，是她头顶张开的一把伞，它隔绝了新鲜的光影与色彩，她只能活在它的荫蔽之中，体验第二轮的激情。爱的代价是什么？这就是。

《痛苦》是杜拉斯的战时日记，当时她的丈夫被关押在德军集中营里，她和她的情人，一起等待着他的归来。几乎是在百分之一的概率里，她的丈夫获救了，180厘米的人，体重只剩下80多斤，骨头嶙峋突起，肘部几乎成了锐角，这个锐角眼见着要刺破皮肤；整夜的噩梦，流汗，辗转，哭泣……这一切——一个人复活的显微记录，也是另外一个人崩溃的病理切片，更是一段爱情被消耗完的账单，都被一双忠实的眼睛复制成文字，广为传播，包括进食初期，排泄物的颜色，杜拉斯写道，"是微绿的，不相信人居然能排出这样颜色的粪便"。当他彻底醒后，他说"谁再和我说起上帝，我就呸他"，而她则说"我爱过你，可是我现在不能再和你生活在一起"。同年她生下一个男婴，这个孩子在伦理上叫让·安泰尔姆，在生理上叫让·马斯特罗，前者是杜拉斯丈夫的姓，后者则是因为她的情人——她是无比忠实于自己的女人，爱情自有其生命周期，会死掉才是它活过的唯一证据。而她的选择是，放弃这个尸体，换个山头，寻找新的峰值，而不愿意让它苟存于婚姻的掩饰下。她像孩子一样任性，像她的作品一样坚强。她跋涉在漫长的艳史中，不断走向新的身体，破坏欲如同一种思想牢牢地扎根在她的欲望重心，而快乐只是接近这个重心，却永远无法抵达。做完爱后，她翻身说："完了。"最重要的是，她是宣布终结的那个人。

她的聪明不外乎是常识和本能——肉体先于一切存在。更进一步说，人类一切念头都只是从黏糊糊、软绵绵的肉中生发出来的，轻视肉体的倾向是十足幼稚的。所以尼采才会说："你肉体里的理智多于你的最高智慧中的理智。"她的本能总是比她更清楚她需要什么，但问题是：节约亦是必须的，短暂的欢乐是容易的，但持久的、高强度的、有质量的生活，必须小心经营才能够获得——人们必须小心不能饕餮，那将使味觉退化……活下去，在平淡乏味的一天又一天里，保持着对生命的强烈渴求与激情，才是真正考验人的事情。而她，真的像孩子一样任性地纵欲，从不考虑爱能被耗尽的一日。所以，在她晚年支离破碎的脸上，我们看到的是欲望透支后留下的废墟。

这是个线形的女人。另外一些女人，比如萨冈，则是横向的。我看杜拉斯的天赋不及萨冈，但是萨冈却始终无法突破她最初的格局，她的天才最后成了她终身制的行李箱，时而满载，时而空洞，全看她多大程度地在利用这个容器。而杜拉斯，看她最早的作品《厚颜无耻的人》，一开局四个主角就无层次地奔涌出场，形势混乱之极，任杜拉斯的一股子蛮力，也无法把他们调停到位。再看她后来写《琴声如诉》时的节奏和控制力，就能看出这个人是如何吸收了外界的光和热，艰难地成长。

一般人以为写《情人》的杜拉斯大胆冶艳，其实想想，多少过气影星为了力保江湖地位，高龄之下以走样身材出演裸片，与她们比就觉得杜拉斯这只是个微弱的小手势，她最大胆的其实是突破了血亲的界限，把亲情混在男女之情、肉体之情里去写。杜拉斯写的亲情少有同向，几乎都是对位的，比如母对子，父对女。看《琴声如诉》《昂代斯玛先生的午后》，前者是写母子，母亲对孩子贴心贴肺贴肉的爱——除非大胆或诚实如托尔斯泰，才敢在《安娜·卡列尼娜》里写安娜重重抚摩儿子的肉感镜头，杜拉斯笔下的妈妈却是为这种临界的爱，心虚着，战栗着，背过脸去；后者是写父女，昂代斯玛先生睡着他长长的、怎么也睡不完的午觉，实际上他是在假寐，他心醉于女儿在长廊上赤脚跳舞的嗒嗒声，"他听得清清楚楚，每次他都觉得他的心在狂跳，每次他都觉得目眩神迷，心跳得快要死过去"。青春的巨大的诱惑力，像桥下阴影中的河水一样拥有秘不告人的欲望，在桥上走过的女儿却一无所知，就像《心是孤独的猎手》里，那个咖啡馆老板对米克秘密的洛丽塔情结一样，它浮出水面，在日光之下的形态却是仇恨。杜拉斯不肯定，也不否定，事实上，她所有的作品根本也不是写爱情，只是在探讨爱的可能性。

她晚年的书，几乎是谋杀，双重的，先杀完自己的闲时，再杀别人的。在她积极建设了一辈子的爱的可能性上，破坏着，谋杀着。在《埃米莉·L》里，她把减法做到了极致，埃米莉·L眼中的爱情只剩下了"前方的一片空白地带，可以爱，可以不爱"。在纪录片里，她披着那件巫婆式的"杜拉斯"坎肩喃喃自语，她生得娇小，坐在圈椅里像深草丛里的一只孤独的鹭鸶。每一句话一经说出，也像一只孤独的鸟一样，直飞上天，阴翳的话语像翅膀一样掠过，这只鸟有体温吗？被它的翅膀擦过的人都不能肯定。她讥笑所有在日光下结结实实生活的人；而她自己呢，就整日龟缩在黑暗的壳中，伴随着酒精的致幻效果，自说自话。

这是一个何其专制的女人，她和那个年龄不及她一半的男孩在一起生活了16年，不知道他爱吃什么菜，因为她从来没有把菜单递给过他一次。16年啊，这是怎样的强权与独尊？死之前她已经不能说话，却挣扎着递给他一张纸条，上面写着"我爱你"。然而成就杜拉斯的，也正是这种混合气质：暴力与柔情，专制与宠溺。她没有也不需要交流的通道，因此她无可救药的孤独感，以及无法痊愈的绝望，就没有被稀释和冲淡的机会，也就继续时不时地发作，继而滋养着她遗世独立的、像她一样孤独的作品——看看那些微观情绪波动被放大的倍数，就知道一个人可以寂寞到什么程度。杜拉斯其实采用了非常不健康的一种写法，她比麦卡勒斯的神经质走得更远，麦卡勒斯还算是一种直觉写作，只是把心里的水纹描摹下来而已。杜拉斯却近乎一种自残，曼涅托说，"她是以伤害自己的一部分，去滋养另外一部分"，深以为是。

一直以来，我都想说说这个女人，却没有足够的安全感支撑我前行，我所说的安全感是指：你抵达某件事情的真相，然后滞留在那里。很多人把她写成"伤花怒放"，或是"如铁红颜"，但是这两个词，在我看来，都太单向了，不足以覆盖她。她是个被痛苦翻耕过的女人，因而层次丰富，杂质纷纭，即便我爱着她，我也无法忽视她的杂质：她极度自恋，兼有自虐倾向，酗酒，烟不离手，会用好几国语言骂脏话。

一般画评家都把她归为超现实画派，这个画派的大多数作品我都不喜欢。我常常被这些画中盘旋的那些大大小小的假叙事、那些附着了太多意义和语境的象征物弄得审美疲劳。这些画作有太浓的虚构味道和思考的苦味，而我看画的时候总是习惯性地想找一个支撑物。在弗里达·卡洛的画中我倒是找到了这个支撑物，就是她的脸。她自恋，在自己的屋子里悬挂了大大小小的镜子，揽镜自照；她画了20多年的自画像，这些自画像基本可以视为一部视觉自传，她将她的生活留给自己，也告诉别人。

成年以后她画过一幅画叫作《我的出

弗里达·卡洛·蔷薇刑

生》，说实话我没有看过如此满溢着尸味的出生，产床上的母亲奋力地拱起双腿，婴儿在血光中冲出产道，可是那母亲的上半身却盖着尸布，俨然气绝。弗里达的大多数画作都是喧哗热闹的、热带植物色系的歌剧，这幅画却是散场的死寂。事实上，她确实是在母爱缺席的冷寂中长大。母亲生下她之后由于身体的缘故，不能恪尽母职，哺乳、喂养、照顾等工作都是由一个奶妈代劳的，母亲对弗里达而言不过是个活在云端上的远距离女人。

6岁时她染了腿疾，活动力受限，这使她的想象力反向地发达起来，她成了一个有臆想气质的女孩。久卧病榻，没有玩伴，她就趁家人不在的时候，对着玻璃哈一口气，然后引那个虚拟的朋友进来。事后她用手涂掉了那个门，跑到院子里的雪松树下大哭了一场，因为"惊奇于得到如此之大的幸福"。病愈后她回到学校，却遭到同学们的敌视和排斥。是因为自尊心受挫之后的代偿心理吧，我想——她开始有异常旺盛的表现欲，终其一生，她都致力于引人注目。

14岁的时候她上了预科学校，她的双性气质开始萌芽：她穿男装，留男孩的发型，背着男式大书包，里面装着蝴蝶和植物标本。直到有一天她遇见了里维拉——那就好像是什么人失手撞开了天亮的开关，她的女性心理一下被照亮。她躲在暗处看他画画，偷走他的午餐，在他经过的路上洒肥皂水——她试图用充满孩子气的恶作剧引起他的注意。她的最高理想由"做一个医生"修正为"为这个丑胖子生个孩子"。

18岁时她遭遇一场致命的车祸，她几乎被碾成了碎片——脊椎、锁骨、盆骨全断了。一根钢管刺穿了她的盆腔，在余生的29年里，她先后做过30多次补救手术，并因此终生丧失生育能力。久卧病榻，为打发时日，她开始画她的第一幅自画像。那幅画像是酒红色调的，接近边缘的红，再走过一点就是深渊的黑，画面掠过一点暗金质的光，连带着画中人物的绝望感也变成暗金质地的，在绝处又滋生出一些希望的微光。这幅自画像让我想起细江英公为三岛由纪夫拍的那张拈花微笑的照片，三岛长着那么一副有暴力倾向的脸孔，而他玩于掌中的那朵蔷薇花又是开到尽头的、非常疲倦的花瓣。两者间的质感对比，让这张照片有一种悍然的痛感。三岛后来将这幅照片命名为《蔷薇刑》，这个名字我想是暗喻着美的蒙难、美的不可抵达与无法信任。弗里达的自画像和三岛的照片，对我而言，是一种共通的审美经验。

21岁时她重遇里维拉，两人的恋情迅速升温。22岁，弗里达借了家中印第安女仆的一件背心，罩在她的西班牙洋装上，嫁给了这个年龄是她的两倍而体重是她三倍的男人。这个男人结过两次婚，有三个孩子，是当时墨西哥最负盛名的画家。她是他生命中的一个华美的细节；而他，几乎覆盖了她生命的全部。这种不均衡处处可见：他站在脚手架上画长达100多米的巨幅壁画，取材宽泛，从古阿兹特克文明史画到近代的墨西哥独立革命；她把画架悬在胸前，用幼细的貂毛笔，画了20年的自画像，画幅通常不超过1米。但是他的风格还是渗透到她的画风中去了，她也开始用充满木质感的线条，大面积的、带有民间风格的原色。

作为新妇的那个弗里达是我最喜欢的。她放下画笔，头上包着农妇的头巾，用整个上午的时间采买洗择，备了午饭，然后放在篮子里，上面盖着绣花手绢，手绢上绣着"我爱你"，用绳子吊上去给在脚手架上工作的里维拉。就像画画一样，她在生活中的视角也如此之窄，窄到只剩下他，她按他的喜好，扔掉了那些男装，改穿墨西哥农妇穿的色彩缤纷的大裙子——就像用性示爱一样，服装其实也可以被视作朴素的身体语言。

新婚伊始，他就开始发生接连不断的外遇，他认为所谓婚姻忠实都是布尔乔亚的恶习，他一直说自己对性和外遇的态度"就像尿尿一样随意"，对他来说，唯一一种可行的忠实就是绝对忠于自我。他就像那个剪刀手爱德华，无法正常地示爱，她痛心疾首，又重拾画笔，把他画进了她的自画像。在画中，他线条臃肿的脸静滞在她的脑海中，他是她玫瑰色的伤口，她用这些画为自己疗伤，直到它们结成大大小小的玫瑰疤。

25岁那年，她第三次流产，自此，她的画中不断出现关于生育的意象，她画了怀孕的裸女，紫罗兰般的子宫，子宫里是个小小的里维拉，她在卧室里放着在甲醛中浸泡的胎儿，还有大大小小的玩偶，她反复地画那个流掉的、不成形的胎儿。30岁那年，她画了那幅《我和我的玩偶》，那玩偶的脸上是一种机械化的笑，而画中女人却眼望前方，眼睛里有疲倦的绝望。她在日记里写："孩子是明天，而我却终于此。"我在她的画中，看到越来越浓重的荒芜感——生之荒芜。

他们的家是两幢彼此独立的红房子和蓝房子，中间由一座天桥相连，隐喻了他们之间那种独立和相对的奇怪关系，有报道称这是主观与客观的相互关系存在于男人与女人的住房之间。此后的两年，弗里达"被生活谋杀"，里维拉与弗里达的妹妹发生了暧昧关系，这件事将弗里达从可爱的妻子变成了更加复杂的女人，弗里达的痛苦难以名状，画下了《稍稍掐了几下》。她搬了出来，这是许多分居中的第一次。她想尽量忘记此事，但3年后的《一道开裂的伤口的记忆》还能看出那种延续的影响。

在所有的自画像中，她都是杏眼圆睁、目光灼灼地直视前方——除了33岁时画的那幅《梦》。在那幅叫作《梦》的画里，她睡了，但那是怎样稀薄的睡眠啊！肉身睡去了，疼痛却还醒着，它们醒在她扭曲的睡姿里、醒在她起伏的头发上、醒在她枕头上那些因辗转而生的折痕里。就在那一年，她结束在巴黎的画展回到墨西哥时，里维拉已经和一个好莱坞明星打得火热，他提出和她离婚。或许是为了平衡痛苦并且重拾自信，弗里达开始在两性恋情间漫长的征服与被征服的道路上徜徉，她被迫学会了独立自主。33岁那年，两人离婚。然而仅仅一年后，这对彼此依然深爱对方的夫妻再度复合，弗里达说："我们是饥饿与食欲的结合。"

她开始自弃地为自己变脸，剪掉里维拉最爱的长发，她为了取悦于他，每天花很多时间去打理头发（《剪短发的自画像》），在画里，她含着泪手执利剪，满地都是狰狞的碎发，就像是无数被剪断的神经末梢，甚可怖。当她在病中闻知里维拉另寻新欢时，她撕裂了自己刚做完脊椎手术的伤口，以至于第二天医生给她打针，居然在她的背上找不到一块完整的皮肉。她的自虐，说穿了就是想用不健康的负疚感去控制那个男人，从里维拉的角度来说，也许他觉得她是在用自己的牺牲勒索他的感情。可是我在她的暴烈中认出了我自己，我想我是无望遇见我的里维拉了，因此我体内的火山可以终生处于安全的休眠状态。

临终的时候，她叫别人把她那张四柱床从卧室的角落搬到过道上，她说她想再看一眼她的花草树木，在这一视角她还可以看到里维拉养的鸽子。当夏雨骤降，她就长时间地观察树叶上跳动的光影，风中摇晃的枝条，雨珠敲打屋檐，顺檐而下……她死在半个月后。弗里达47岁时逝世，度过了短暂而又激烈的一生后，她的最后遗言是："我希望死是令人愉快的，而我希望永不再来。"——她终于可以在死亡中获得平静。

莱辛老奶奶终于获奖了！七月在成都的时候，我告诉安然我很偏爱这个人，而安公子说她不开阔，不能和奈保尔的广度类比。其实，我倒觉得她的问题，是太早加入了英国籍，失去了异域优势。不过我倒是蛮高兴的，洁尘说她喜欢一个比利时女作家，问了下闺蜜，发现人家都对这个人不太敏感。大喜，这种心态就像……女孩不喜欢和别人撞衫。我也是一样，比较乐意保留一两个私房作家，自己收在贴己小抽屉里的。现在她获奖了，为她高兴的同时，也失掉了那种捂着藏着的私有快感……我把莱辛那个小组给退了。

莱辛同库切一样出自南非这片英殖民地，但她是英国血统，属于母国边缘的原住民，而库切却是荷兰后裔的第二代移民，对母国更加疏远，是被放逐的遗世独立。我个人的浅见：殖民地作家和本土作家相比，语言风格往往比较清简，视角是那种旁观的抽离，注意力广度比较大，莱辛关心社会、政治问题，对人的问题尤其关心。她作品中的主题包括殖民主义、种族歧视、女性主义、政治、战争、社会福利、医疗、教育、艺术、成长过程、精神分裂、疯狂、梦、宗教神秘思想等。她曾热心研究马克思主义，研习伊斯兰教苏非（Sufi）教

亲爱的莱辛

义，亲身经历荣格的心理治疗，甚至亲尝数日不眠不食陷入狂乱的滋味。

我私下以为：对于女作家而言，力度是比技巧更为难得的东西，所以也可以说，她对我的吸引是一种异质的吸引。她是这样一个作家：文字结实，有力，举重若轻，她是俭省到几乎不用形容词，直奔下文，从不在细节上纠缠，用日常化的语言推进日常化的逻辑，仅此而已。有时候我觉得她简直是一架食无不化、攻无不克的叙事机器，什么有意思的、没意思的事她都可以拿来写，而且可以把它写得好看。

《一个男人和两个女人的故事》，这是莱辛书中我较中意的一本。我看的好像是台湾人的译本，里面收的小说，从各个维度探讨了"自由女性"这个莱辛很感兴趣的命题。印象较深的是《吾友茱蒂丝》，看了这篇，就知道莱辛对女人独立的一些理解。它根本不是一种坚硬的两性对抗，而是，"我懒得对你施力"。茱蒂丝很漂亮，她的朋友送了条裙子给她，一穿，很悦目，很出彩。她马上把它给脱了，换了自己灰暗破旧的旧袍子，把自己的好身材遮掩住。比起那种花数个小时穿衣打扮、以期夺目的女人，她才是真正的自我主义者。我约莫能明白她的想法：女人穿漂亮衣服，不外乎是悦人和自宠，我谁都懒得悦，怎么舒服我怎么来。埋没在人群里，没人注视我，失去一切外界评价的坐标，那更好了，方便我无痕地阅历大千世界。

她有一个男朋友，他根本也不关心她，把她理解得很肤浅，当作小甜点，还喊她"朱朱"。她也懒得向他诠释自己，互相陪伴而已，大家各自保留干爽的私人地带好了。他说要离婚去娶她，她说，"不用了，他和太太生活得很好呀，我也比较喜欢一个人在自己床上醒来"。她去意大利度假，很为那种农业社会式的亲缘所动，想嫁当地的一个理发师，未果，因为对方把一只痛苦的病猫摔死了。"不是他做得不对，而是我没有办法那样直接地去处理什么。"真的，她自己也杀过一只猫，因为不愿意把它阉掉。她哭了很久。她是知识女性，学的是诗歌和生物，没有烟火气的专业，思路是被文明改造过的，她没法不附加任何思考，而只是直觉性地做什么了。家庭生活，就像那件别人给她的漂亮衣服，外人看着很适体，可她穿着觉得不自在。她才不会为了成全你的顺眼，牺牲她的自在呢。她的选择是，脱掉它。

我想起陈丹燕笔下，有个女人叫克里斯蒂，她自小和父母疏离，很没有安全感地长大，大学时正逢20世纪60年代的学生运动，就上了托斯卡纳山，自耕自食，过朴素的农牧生活。后来，她嫁了当地的一个农民，也过得很适意，因为她在亲人的环绕中，求安得安了。我在想，这也是"自由女性"的一种。她和茱蒂丝，其实是同根的。他们总是想多看点沿途风景，多经历一点人生的加减乘除。她们都很清楚自己要什么，能付出什么，都能做好这个收支。不负人，也不负己。最后，一个独身，一个家居，却都是忠于自己的。这样就好了。

还有一篇是《福特斯球太太》，故事的背景是这样：在一条破败的石子街上，有个三层的小楼，第一层是酒铺，第二层住着店老板夫妇和他们的一子一女，是姐弟俩，第三层住着福特斯球太太，一个暮年潦倒的暗娼，"以色事人者"。到了夏天，酒精的气味就氤氲地蒸上来，熏得大家意识模糊，姐姐长大了，先行步入了成年世界，弟弟生性敏感内向，只好在假想中浑噩度日，希望以此克制对姐姐的爱，混合着肉欲的那种爱。他跟踪她，看着她以一个他所不熟悉的成年女性的姿态去接近男人，过社交生活，他嫉妒得发狂。无意中他遇见了因为淡季生意不好没有接到客的福特斯球太太，他尾随她，并向她发出了性暗示，她稍稍抵挡了一下就顺势引他进了她粉红色的房间轻车熟路地挑逗他，他被她的老、丑及无耻激怒了，强忍着恶心感对她施了暴。

在我看来事情是这样的，姐弟俩自小共处一室，彼此一起长大，事实上已经结成了一个生命共同体：他们一起去找朋友、逛街、看电影、去动物园，他们的体验是同步的。然后有一天，姐姐突然性意识觉醒了，毫无征兆地跨过了那条日与夜的界线，新生了，变成了一个用成人的语气、身体语言与他相处的人，他有被弃的羞愤，感觉被排斥在成年的盛宴之外，因而他对成年人的世界也是抵制的态势：那里有吃相像猪的母亲，常常偷酒并时不时请妓女喝上一杯的父亲，肉体衰败且散发恶臭的福特斯球太太，以及她灰白的体毛，还有老女人波纹状荡开的皱纹。在他看来：成年人的世界是不洁、蛰伏，且让人昏昏欲睡的，活生生的日子上方，都有死亡的黑翼在盘旋，而与之对峙的青春期却是野兽凶猛：新鲜的肉体，未成形的欲望，被禁止说出口的爱情……这是这部痛感小说的第一个痛处，简直是蒙克《病中的孩子》的文字版，所以我不把它看作是爱情小说，也不看作社会小说，对我而言，它是一部成长小说、一部战斗小说，一个人拼命地要扼杀掉自己身体里的那个陈旧的、柔软的旧我，那个食草动物一般温驯的自我，他想变成利刃，天生有嗜血的本能，或者干脆做一块透视苦难的冰，以适应成年社会那个食肉的机制，他的挣扎，我想我是明白一点的。

瓦莱丽：

静默有时，倾诉有时

一个样貌平平的爱尔兰女孩，带着她的草根气味，轻盈地滑过了一个天才的生命尾部，在瞬间照亮彼此，这个男人在她生命里投射下微微光斑和霉斑。她亦以自己的波澜不兴抚慰及为他镇痛，28年后，她水波不兴地记录下这一切。然后就有了这本书，它叫作《与公牛一起奔跑——我生命中的海明威》。

一开始我的思路是：又是一本涂抹了海明威之名的八卦书，或少女心灵成长史，直到看到正文，就开始耻于自己的小人之心了。瓦莱丽，19岁的时候无意中采访过海明威，然后被他聘为私人秘书，和他一起经历了西班牙之旅，又陪他在古巴定居，近距离看到了这个天才挥霍生命的热力，也看到了他的体能、爱能、创作力大幅下滑的衰颓。一直到他过世后，她还继续整理他的资料，并和他儿子结婚，确切地说，《我生命中的海明威》写的不是一个人，而是一个家族，或是一种文化符号。

书里淡淡地记录了一些海明威的日常，说它淡，因为只是数笔白描，完全没有拿捏八卦的渲染和爆料的夸张表情，也没什么好爆的，海明威在他生命的末端，是一个明星作家，所到之处无不被膜拜，他已经把自己怡然地活成了一个小宇宙，带着他的行星群，夜夜酗酒，日日笙歌，天天都在过狂欢节。这个行星群的成分是：超级粉丝、玩伴、仆人、司机，等等。

不是海明威，倒是这个女孩子，她身上的一种举重若轻的缓冲力吸引了我，虽然她通篇几乎都在说她眼里成像的其他人，可是再波澜壮阔的事，给她说来也是风平浪静，比如海明威被关注过度，一方面是被粉丝惯出了暴烈性子，另外一方面又像被围的兽，老觉得有人在偷窥或加害他，他差点对记者动粗，为一件芝麻小事都可以和最好的朋友决斗，他总是按自己的想象扭曲朋友的形象、诋毁他的前妻，还说谎成性，常常把小说笔法加之于日常。还有海明威对她的爱意，暧昧纠结处，很多可以做私密文章的小瑕疵，她都浅浅蹚过，并不流连。表达得优雅，是自制造就的。

我不晓得这是她天生的恬淡性子，还是后天梳理自己情绪的能力所致，或是一种合理避险的需要，因为她后来又嫁给了海明威的儿子。总之我觉得这个女人很会低调地经营自己的形象。我在想，这是不是海明威乐于与她相处的地方：一个明星作家，他的生活其实是密闭的，被他周边的星际物质所包围，他的"行星们"，处处都顺着他的意思说话，不敢逆他话锋，在这种不接地气的悬浮状态中，就特别需要一个能真实反馈意见的人，不忤逆他的同时，又能保持自己中性的干爽立场和日常质地，比如，这个叫瓦莱丽的小女孩。

在开篇时，她略交代了下自己的背景，但是用色简静，所以我当时的注意力就滑过去了，只想直奔海明威与她生命交接的那段，可是看到后来，突然觉得这个女孩子性格的解密，全在她的背景材料中，就又翻回去重看。她自小在修道院长大，那是一个中世纪遗风尚存的地方，所有的仆人都是院里收养的聋哑弃儿，孩子们之间不许用语言长时间交流，所以他们个个都会手语，假期时她寄居在一个慈善机构，那里有很多文化流亡者，向她倾诉自己积压多年的心事和流亡史。

也就是说，这个女孩子从小就受着保持沉默的训练，沉默就是她的生存手段之一，她自幼练就了倾听和静默的技术，倾诉是一种能力，静默何尝不是？也正是这种能力，让她在海明威处得宠。海明威需要的是一个复合秘书：熟练的打字员、沉静的倾听者、守口如瓶的知情者、反应灵敏的情绪共振者、结实有弹性的情绪垃圾箱、温柔呵护的精神保姆。

可能这是这本书让我释然的地方，通过瓦莱丽这个介质，我理清了自己关于自由的一些模糊的想法。我是个颓靡到骨子的人，从来不愿意奋力去争取什么，也懒得起身去经营规划什么，我什么书都看，但是从来不看励志书，如果说我还有什么对自己的成形的想法，那就是：我要力争做一个自由的人。

之前我理解中的自由，是一种大自由，比如尤瑟纳尔那种，头顶天，脚着地，把自己活成一棵长满可能性的树，硬冷决绝地遗世独立；或是像瓦莱丽笔下的海明威一样，无论酗酒，狂饮，享乐，早晨七点前他一定会站在打字机前工作，所有的坏情绪，只要与写作逆行的，都必须被抵制。他全部生命的宽广度都是在创作中，他必须完全自由地驰骋于灵感之中，这是他自由的底线，所以他的创作力一枯萎，他的生命也就随之凋落了。

这种大自由，它的边缘太清晰，对抗性太强，情绪内耗太大，使用成本实在太高，并不是我们这种小人物的意志强度所能去实践的，我们能做到的，顶多是小自由，它是一种混合物，就像瓦莱丽这样，哪怕面前是一个光芒灼灼的天才，她也宠辱不惊地对待他，平和地去享受生活。

瓦莱丽的形象，在我揣想中，应该是中国人所谓的"外圆内方"，它其实是一种性格弹性和自卫能力。一方面，她温柔地与海明威的生活共振；一方面，她清晰地保留自己的想法。伍尔夫说，一个女人应该有一间自己的屋，其实就是这个意思。这间屋并不是在世界上的哪个角落，它是一个女人心里的单间，是一颗完全属于自己掌控的心，它可以关上门隔开家人，也可以打开窗和外界通气；它可以交游待客，但是它绝不留客。在这个单间里，你可以动亦随心，静亦随意，温柔有时，暴烈有时，果敢有时，滞意有时，沸腾有时，决绝有时，静默有时，倾诉有时。如此如此……

《塔拉之路》，玛格丽特·米切尔的传记，此书长着一张非常粗粝的盗版脸，但内容翔实、生动，信息量很大，翻译时有跟跄处，比如，老是把外祖母译成祖母，但是尚在可以忍受的范围内。我个人对《飘》的印象是：它不是一部爱情小说，它讲述更多的是力量，生命力、重建力，等等。恋爱中的郝思嘉，茫然无措，是漩涡中打转的浮萍。她对阿希礼，更多的是少女临睡前的粉红幻想，和一个强悍女人的血色征服欲——欲力强大又未经世事的少女，她们的爱情中，多半复合着这两种成分，可是那个男人比她更明晰，不愿意配合她的致幻游戏。至于白瑞德，呵呵，他是个迷人的恶棍，自利、无所顾忌，完全没有道德意识，他和郝思嘉倒真是臭味相投。"她从未真正理解过她爱的那两个男人，由此，她失去了他们。"倒是用病瘪的劣马，在亚特兰大大火之夜，拖着一家老小返乡的那个郝思嘉；穿着破衣烂衫在自己的红土地上劳作、脸上被晒出大片色斑的郝思嘉；手里握着炽热的红土，咬牙切齿地说"我发誓，我将熬过这一切，我将不会让自己再挨饿"的郝思嘉，她的力量，每每让我折服。

我总觉得，任何文化产品的极盛，必然与它的国民气质相关，比如华美的物欲加细节的铺陈，中国人嗜好的东西，引发对《红楼梦》几百年不衰的孜孜研究；而《飘》，就是美国人的民族精神。这是一个热爱奇迹、力量和英雄主义的国家，尤其是它出现在20世纪30年代的美国，一战刚刚结束，又爆发了史无前例的经济危机，战争的挫伤、经济秩序的崩溃，使整个美国公众都处于一种空前的低落之中。而《飘》讲述的故事就是：在战火摧毁了家园之后，满地废墟和遍体鳞伤之中，一些人死掉了，在肉体或精神上，一些人成了时代的未亡人，又有一些人，他们活下来了。这本书，写的就是重建力。而且她的视角非常别致，不是着力在一个主流宏观的角度，比如男人、政治、军事；它的重心是一群留守家园的女人，这是一部"逃逸之作"，它从未稍离过战争的炮火轰鸣，可是，它却不沾一丝战争的火星。它不是史诗，它更是一种日常性、平民版本的力量，我想，它适时提供了当时美国民众急需的信心补给。

《飘》的成功，是两个天蝎座女人的联袂之作：米切尔和费雯丽。这个星座的核心词是"激情"，如果这个激情有一个光明的出口，那么，它是一种自我建设的大好机会；反之，如果它只能在地上匍匐游走，会变成另外一种破坏力。先是米切尔，用自己加外祖母，复合成了郝思嘉的文字形象：魅惑人心的南方美女，骨子里的野性气质，不屈不挠的生命力和生活欲。而费雯丽，又将这个形象赋予血肉之形。这两个女人，都有太多的激情和与之不配套的、平平的神经结实度，所以她们用激情先后成就了自己，最终，又毁于此。

冲突型的女人每每让我迷恋。米切尔本人就是这样，她身上有太多反向的东西：南方淑女的底子，一丝不苟的老式教养，又有暴烈的破坏力，沉迷喝酒、抽烟、昼夜不休的舞会；骨子里有一尘不染的肉体态度，一定要做个处女新娘，可是最喜欢玩的是性游戏，不是落实在实际操作上，而是擦着边缘而过、最大摩擦系数的性挑逗，在临界点上，最高音的部分戛然而止。与她表面骇世的叛逆前卫样子相反，她骨子里是个太没有安全感的人，她太需要取悦别人，太需要权威的肯定，太需要依赖传统秩序。所以她选择做传统的家庭妇女，每天下午打打桥牌来闲散度日，写完稿子就藏在床单下，比起文字生涯的光辉，她更需要传统婚姻模式给她的安全感。与人群逆向而行，是需要斗志的，她没有这么大的力量储备，她的丈夫John，才是她身后真正的力量源，他是她的教练、领队、啦啦队长，整部《飘》，都是她在他的摇旗呐喊中跑到终点的。

她有敏锐的反应力和泼辣、不衰竭的幽默感，一定要成为人群注意力的中心，与己无关的话题统统很冷淡，无比要强，又无比脆弱。她无法忍受失败，她也担负不了成功，要么做第一，要么什么也不是，仅仅因为名次排后，就干脆退学了。这个态度也延续到她的写作中，她花10年时间写了《飘》，查阅了无数资料，易稿数次，不可不谓之费尽心力，可是她不许任何人提及这本她称之为"家庭妇女打发时日"的书。是她真的淡泊至此吗？当然不是，她拼命压缩自己的期望值，这是一种对薄弱信心的自我保护。她的信心脆薄到什么地步？仅仅是市面上出的一本粗劣的内战小说，就让她的打字机尘封了一年。她是眼低手高的，她必须依靠外界评价界定自己的好或不好，所以她喜欢被名声滋养，可是无法承受名声之下的生活。名声，对她而言，又成了另外一种死亡。她是只勇敢的小蚂蚁，能背起超过自己体重数倍的重物，可是她没有道路意识，她不懂得怎样把持和经营自己的生活，平日里，小蚂蚁活得战战兢兢，倒也自得，可是某日，突然横空飞来一个巨大的荣誉，这下好了，她一下就被砸晕了。

写完《飘》之后，她再未有过成形的作品，她的余生全花在对《飘》所带来盛誉的维修管理和复苏上。她笔下的郝思嘉，心思粗糙，我行我素，全然无视外界的人情冷暖，所有关乎"良心""道德"的精细思考都留待明天，"我明天再去想好了"，只是信心勃发地直奔来日。可是作为它的创造者，米切尔本人，绝无这样泼辣、健旺的生命力，她孜孜于名，敏感于批评，《飘》出版的四年中，她回复了两万封读者来信，封封都翔实可亲，虽然内容不过是：一、关于《飘》的花絮；二、关于她自己的八卦闲碎。

二战来临后，人们对《飘》渐渐冷却之际，她不停地做出各种秀，来重新引发大家对《飘》的热情。可是，在人们眼里，她不过是个过气的明星或棒球选手，大家追捧她、敷衍她。人们在纪念日把这本书翻出来，嚼几下是非八卦，像对待所有过时的东西一样。她加速地老去了，昔日生机勃发的假小子、舞会里的小公主，开始眼角耷拉、衣衫潦草、形容憔悴，她活着就是一副即将朽去的样子，她活成了她自己的纪念碑……她心神恍惚地过马路，被一个酒醉的司机撞倒，人们看见一个半老踉跄的妇人，血肉模糊地倒在车轮下，没有人知道，那就是整个南方的骄傲、美国精神的形象代言人、南方传奇的制造者——玛格丽特·米切尔。在备受冷落中，她死于一场最平淡、潦草的车祸。

老的时候，张允和还常常梳着她那奇怪的闺阁发式上街，一条银光闪闪的大辫子盘在头顶，再穿一身素色对襟小褂，花纹有的是折枝海棠，有的是满塘浮萍，花色精致，布料考究，一点也没有老年人那种敷衍衣着、潦草老去的仓促寒酸相。想着老太太在阳光下意气风发，无视路人侧目、兀自旖旎而行的风致，我就钦慕不已，她当然能压住那个阵势。招摇是女人的特权，张爱玲年轻时，也穿过老祖母的褂袄，在人前姗姗而过呢——可是这样一个奇装过市的人，到老了还不是收敛锋芒，只穿一件暗色旗袍，低眉做人。杜拉斯在70岁高龄时，倒也敢披着她那个大红坎肩去领龚古尔奖。40来岁时，因为没有合适的衣服就不敢去咖啡馆闲坐的杜拉斯，只是为了一篇小说的不成形，就有半年恍惚难安。忘记照镜子的杜拉斯已不复在，70岁的杜拉斯，像所有老人一样，最害怕的，只是被后浪取代，又被人群遗忘吧。无奈青丝已成繁霜，一身红衣，更映出她的华发苍苍、容颜破败。而张允和的那份到老还不凋零的招摇，又自不同。

张允和有时会让我想起杨绛：一样的书香门第，一样的知识富贵传家，一样地嫁了个情投意合的书生。也许这是一类爱情模式，然而它绝不可能存于物欲喧嚣尘上的今时。有精神力量的人才活得有胆色、血性且张弛自如。且看张允和如何笑对人生，《小丑》一文中，她写道：有一次，两个年轻小伙子气势汹汹地闯进她家里，要她"交代"问题，他们给她五分钟的时间来考虑。于是在接下来的五分钟里，她看着两个批斗她的小伙子，心想，他们一个是白脸的赵子龙，一个是黑脸的猛张飞，于是又由赵子龙和猛张飞想到唱戏，想到自己曾在戏里演过的几次小丑，然后回到眼前的现实，想到自己现在又是在扮演小丑的角色了。五分钟时间到了，一声喝令，该交代了，她想，如果再给我五分钟，我就可以写一篇《论小丑》了！

不由想起杨绛的书里，提到过类似的事情，她和钱锺书，把批斗他们的人一一代入角色，对号入座，以美学方式细细解析，硬是把血色阶级斗争，整成一出黑色幽默剧了！由此给自己一个柔软的缓冲地带，在尊严和应世之间，端庄地走一段平衡木。换成别人，也许只是自欺机制的善意启动，可是像张允和和杨绛这类自幼浸淫诗书的人，骨子里大概真有点知识分子的天真和玩心。所谓"士子"的精神优越感，这个自信给了他们凌驾于时事起落的淡泊，就像张老太太总说，"女人不要像林黛玉似的悲秋愁苦，要活得健康蓬勃一点"啊！换成别人说我会嗤之以鼻，可是这个86岁还能去学电脑、快90岁还顶着条大辫子、觉得自己很美、身教先于言传、一辈子都活得兴致勃勃的老太太，这么勇敢老去的美女，让我噤声了！

当然张的文采远输于杨，学识就更单薄得多。杨是以学识为生，而对张而言，这只是生之点缀。但也正是因为没有被过多的知识储备所累吧，我倒觉得张比杨要女性化，你总不能想象杨绛像张允和那样，翘一根小兰花指、扭捏腰身去唱一曲《牡丹亭》的艳姿吧；更不会见到杨绛扛一个小锄头去养花锄草、含饴弄孙，或是戴上老花镜，给孙女的洋娃娃打毛衣吧。杨绛断断舍不得这样挥霍光阴，她是每一分钟都要挤出来做学问的室内学者，想想她在英国给钱锺书伴读的时候，连吃饭这种维生的基本需要，她都觉得是浪费时间。而张呢，她被称为"最后的闺秀"，这个词意味着：门第、韵致、才情，还有在乱世中承重的优雅和性格弹性。张允和写过《保姆列传》，杨绛也乐于在杂记里写她有限的社交半径里，遇到的那些混迹底层的劳动者——拉板车的、搬煤球的、洗衣服的……但这些立意"与民同乐"的文章，恰恰也说明，她们是"学者"，是"闺秀"，是平民生活中的异质。

"多情人不老"，这句话多么勇敢，多么好，除了"好"我想不出其他定位它的词。这个情也不是男女的那种小情小爱，而是像《战争与和平》里的娜塔莎那样，半夜坐在阳台上，嗅着夏夜清香微醺的空气，都能笑着唱起歌来，心中有满溢而出的快乐。张允和爱唱昆曲，爱在海堤上散步，爱喝老母鸡汤，爱喝绿茶，爱孙子，爱给别人改名字，爱古书，爱捉小虫子系在手腕上玩，爱拍照……我爱这个到88岁牙都掉光了还能对着照相机镜头笑容灿烂的老太太。

第二辑

他们

如果毛姆不是自小口吃，那么他组织语言的天赋应该会有另外的出口，他会像他的哥哥、爸爸和爷爷那样，循着司法世家的轨迹，做一个律师或法官，笑傲法庭，舌战群雄。如果他不是身材矮小，样貌平平，而是像哥哥们一样高大俊美、运动能力出众，那么他也会凭着体能的优势，悠游于各大俱乐部，进入上流社会的社交圈。而他，因为口吃和矮小，深感自卑，在饭桌上只能沦为缄口的旁观者，只有写小说时，把自己代入叙事者角色、代理他人人格的时候，才会意气风发。但这种自抑及自抑后的舒张，其实是一个作家很重要的素质，自我状态太黏稠的人，光顾着表现自己，无法充当一个高效收集信息的反射板。太弱的人，容易被他人渗透，毛姆的时收时放，恰恰调节了这个。

如果毛姆饱读诗书，满腹经纶，或是天赋异禀，想象力出众，那么他会成为一个知识分子作家，即完全建立在间接经验上，或凭着想象力写作的室内作家。不过毛姆17岁就跑出去游学了，他这辈子最不屑的，就是搭建空中楼阁的创作者，或是像亨利·詹姆斯那种窗型作家：在视野里开个小窗，记录一点空气的气味和流云的形状。他自己呢，倒更像是一道游廊，就是我们常常在苏州园林里看到的那种，步步换景，处处有戏，字字落实。

他从不写直接经验之外的东西，他的关键词：一是"知识"，二是"合理"，三是"好玩"。他要是写异域风情，就一定要实地考察，要听到他们的口音、嗅到他们的体味、知道他们日常生活的细节。他每天刮胡子时都对着镜子念人物对白，反复掂量是不是合人物身份——写小说的毛姆倒不自私，有的作家是自私到把每个人物都变成他自己的代言人了。毛姆一直坚信：故事才是硬道理，你看过他的小说就知道，不要说汁水丰盈的描述性细节，就是形容词，他都用得极俭省，他从不在细节上流连，他总是腿脚利索地直奔下文。他作品的好处只是情节的好——你翻开了他的书，就再也放不下。

如果毛姆视金钱如粪土，那么他不会那么敏感于市场。他活到91岁，写了65年，出版作品110部，有些手稿的拍卖价和版权费至今还保持着最高纪录。他口舌恶毒，心眼小得堪比针尖，凡是进入他注意力范围的人，几乎都被他菲薄过。他去参加皇家宴会，连女王都久闻他的"舌辣"而不敢坐在他的身边进餐。他唯一保持敬意的，大概就是市场。他总是敏于收集信息，战时写间谍小说，和平时期写轻喜剧，维多利亚末期写贵族戏，战后写侦探小说，萧条时期写游记体小说。他不仅是文人，更是文学事业家，他很擅长经营自己，也正因为他太臣服于市场，所以他这辈子都成不了一个文体大师。他受不了那种离群的孤独。

如果毛姆不是爱财如命、点滴计算，他不会在签每份售书合同时都锱铢必较，讨价还价；不会给好朋友写个序或跋都要收费。20世纪50年代，他在美国签《刀锋》的合同，当时的版权费是50万美元，堪称巨款，他诡诡然走下出版社的楼，逆着迎面的暴风雪，就上公车回家了，连出租车都舍不得喊。但是他也可以一年花2万美元，雇仆役，请园丁，养着一个9个月都不去住的别墅，因为他觉得省钱必须在暗处，暴露在人前的部分，必须与他的绅士身份相配。

他并不像大多数作家那样，只能粘贴于某个时间段，与某个时代共振，他整整写了65年的畅销书，跨越了维多利亚末期、爱德华时代、一战、二战。但是他本人早已定居在他的青春期人格中，他爱财是因为他务实，他自幼失祜，年轻时受过穷，他需要金钱的温暖和安全感，他挥霍是因为在他维修保养良好的肉体容器内，始终住着一个爱德华时代的老灵魂。

爱德华时代是指爱德华七世在位统治及之后的时期，它是维多利亚时代和一战之间的过渡时期，理性时代和焦虑时代之间的环扣。爱德华时代流行的口头禅是"门面功夫是一定要装点的"，每个人都可以狎妓、酗酒、吸毒、寻欢作乐，但是要尊重社会潜规则，就是不要在台面上端出丑事。如果一个人家出了戏子，那么大家在他家人面前就连"剧院"这个单词也不能提。

爱德华时代的生活要领就是：你一定要熟知礼仪规矩。毛姆本人就是一部活体大英社会知识百科全书：如果想知道艺术家的生活，可以看他写的《月亮与六便士》；如果想知道剧作家和演员的生活，可以看《剧院风情》，小到喝汤时出多大的声响，跳方步舞时搂住对方的几分之几腰围，如何使用小手帕，在哪家裁缝店做衣服，多少家产的绅士可以参加哪个档次的俱乐部，大到每个季度该给情妇多少赡养费……他随手亮一亮都是知识豪门的身家。他可以嘲笑亨利·詹姆斯是个连土语和客厅用语都分不清的拙劣写字匠，他也会毕恭毕敬地给一个西班牙农民写信，探听某种他在小说里要写到的乡间风俗——他尊重知识和拥有知识的人。

如果毛姆是个无须成长期的天才型作家，那么他不用在长达65年的写作生涯里，无论疾病、挫折、战时，都坚持工作三个小时以上。他的技术像雷诺阿一样，与其说来自天赋，莫若说来自苦练。很多人惊讶于雷诺阿画女体时的圆熟和流利，却不知这源自他的童子功，他自幼在瓷器厂做学徒，在花瓶上画过好几千个裸女，早就把身体线条烂熟于心。毛姆的经验则是，"我不知道什么是灵感，反正我没见过这玩意儿"。

如果他不是这么敬业，也许不会老是官司缠身，直到他91岁逝世前，还有人控诉他在小说中盗用了他们的生活经历。我相信凡是进入毛姆社交范围的人，几乎都在他的书里投影成像了。他把点滴经验都挤出来滋养他的110部作品，他始终不肯写印度，因为他觉得已经被吉卜林写烂了，他的生活都为写作储备经验，所以他自然也就不去印度旅行了。这个自私、利己、恶毒的人毕竟还有打动我的地方，比如在成名以后，有一天他经过大剧院，里面正在上演他的一出戏，他听到观众在落幕时雷鸣般的掌声，对着落日长长舒了一口气："这下我终于可以从容地欣赏落日，而不用挖空心思想着如何优美地描写它了。"

　　如果毛姆热爱女人，那么他的作品里会多一些以女性为载体的"真""善""美"，但他是个同性恋，且没有在笔下善待过除了他妈和女王以外的第三个女人，他文中的女人都是自私、恶毒、贪财、乱爱的势利小人，且毒化了男性的思考力和灵性生活——公正地说吧，这倒更像毛姆本人在女人眼中的形象。

　　事实上，他对所有人都是一种坚硬的防御态势。在他少年时代的照片里，那个因为口吃、胆小、懦弱而被人欺侮的孩子，他对世界的敌意，就全定型在眼帘下垂的怯懦和嘴角耷拉的不屑里了。直到有一天他发现自己有讥讽的能力，这些小毒针可以帮他防身和御敌，在漫长的成长期里，毒针硬化成了瓷釉。在他盛年时期的照片里，他叼着大烟斗，睥睨人世，拒绝任何近身的暖意，直到他死之前得了老年痴呆症，这层硬釉才开始慢慢剥落，他开始躲在无人处哭泣，拉着别人的衣角泣诉。在他临终前的照片上，又还原成一张皱纹滚滚却又畏怯的"老娃娃脸"，那是他体内那个口吃的胆小孩子露出了头，以他最初的样子向这个世界告别。

爱因斯坦的血肉爱情

他生长在慕尼黑，那里是欧洲中产阶级根系最发达的地方，偏偏他这一辈子都视纪律生活为仇，而稳定的中产阶级生活，恰恰是最大的纪律生活，过于富足和秩序化的生活，好像是过食后的油腻和饱胀，让他情不自禁地想逃。而当有一天，他看见窗外轰轰走过一列士兵，突然意识到自己也快去服兵役了，他就真的决定逃离了，他打起小包裹，退了学，徒步走过阿尔卑斯山，放弃了他的德国国籍，那年他只有17岁。

这就是天才的一大特征，他们从不在既定的根系上成长，他们只信任从自己的经验中长出来的东西，只听从内心的声音，甚至为了更好地辨析这个声音，他们会选择一种远离人群的生活。他离家时，带上了他最心爱的两个玩具——小提琴和罗盘，前者暗喻的华美抒情气质，和后者代表的清洁理性精神，恰是爱因斯坦一生的坐标，他的一切，都可以在这个坐标上投影成像。比如，当他第一次谈恋爱时，这个小提琴和罗盘，就分别化身为玛丽和米列娃。

玛丽热情，甜美，头脑简单，是个快

乐的中产家庭少女；米列娃知性，清冷，终日埋首于实验室和图书馆。玛丽与爱因斯坦同年，米列娃则长他4岁，玛丽是个金发美少女，而米列娃则是个样貌平平的跛子——我看过爱因斯坦的情书集，那真是一大坨一大坨花团锦簇的废话，充满了浓郁的人工甜味，像电影院门口卖的爆米花，第一口甜美得让你想赞美上帝，慢着，再尝一口吧，要命，接着你就想打击造假。爱因斯坦本人并不信任抒情气质，但他成功地用这些他自己都不相信的话麻醉倒了玛丽。得到她的同时，他发现自己其实更欣赏米列娃身上那股与生俱来的宁静气质、坚如磐石的坚定力量，因为这正是他试图通过人工调节达到的境界。他做完取舍以后，甩掉玛丽的方式也是快如刀锋。玛丽："亲爱的，你一定要常常给我写信呀。"爱因斯坦："当然，我会把脏衣服寄给你洗的。"

妾心匪石，不可转也，可是有什么用呢？你遇见的可是郎心如铁。但不能就此误解爱因斯坦是个没有温情的人，恰恰相反，他是个典型的双鱼座，非常敏感、纤细，他只是无法让他的两条鱼往同一个方向游。这种分裂气质也是一种天才的副产品，爱因斯坦身上大概同居着两个人格，托尔斯泰可能有三个以上。前一阵子看老托的晚年资料，他的妻子、孩子、助手信徒的回忆录，有一个重合点就是，老托是一个让人难以适从的人。比如，第一天他觉得自己是纯粹的俄罗斯人，把女儿送去上公立学校了；第二天他又觉得欧式气质更加华美，再去给女儿请英国老师；过几天他又自比一个俄罗斯农人，把孩子们从学校里接回来，给他们穿上树皮鞋送去下田。和这样的人生活在一起，除了坚韧、宽容、耐心这些素质的基本配置之外，还要有灵敏的换台调频能力。但是爱因斯坦第一次选择妻子的时候只有20岁出头，又怎么能想到呢？

这里可以用他的演奏风格做出解释，爱因斯坦本人是一个非常出色的小提琴手，每周都会在家里举办小型家庭音乐会，他总是非常煽情地演奏出一段情意绵绵的乐章，而当大家浸淫其中、涕泪涟涟的时候，他会马上转向，说个非常粗俗的笑话，把这个抒情气氛冲淡。也就是说，他很容易动情，又很鄙夷自己的情欲勃发，更不屑于与他人共振。自恋的人在找恋爱对象的时候，往往找的是个知己而不是爱人，爱因斯坦的骄傲更高一层，他既不需知己也不需要爱人，他非常喜欢巴赫，他说爱巴赫的唯一方式就是演奏、聆听，然后对他保持终生的沉默，他真的从没有评论过巴赫，这个隔离带就是他保持敬意的方式。但他本人并没有这么强的人格力量，他如果要保持他的局外人气质，就得有个人工隔离带，这个隔离设施，就是米列娃和她的自我牺牲——甘于充当他与外界生活的介质。

有时，一个男人的视角、观感，可以高效地析出两个女人的质地落差，居里夫人曾经作为某科学团体的成员招待过爱因斯坦，事后爱因斯坦给他们写了感谢信——爱因斯坦最擅长的两种文体，就是情书和感谢信，也就是说，他在信里表现的善意，必然大于他的实感，饶是这样他还是写道，"居里夫人，很有学识，但恕我直言，她真的没什么女性魅力"，居里夫人是——当她介入郎之万家庭的婚外恋花絮曝光以后，所有人都善意地劝她不要去瑞典领诺贝尔奖，她的反应非常凛然——"这是我的科学成就，和我的私生活有什么关系？"结果她一脸铿锵地奔去领奖了；而米列娃是——"爱因斯坦和我就是一块大石头啊（'爱因斯坦'的英文意思就是大石头），他的成就就是我的。"就这样，她为他放弃了自己身为一个残疾女人，苦苦奋斗了十几年的科学事业。

她说得没错，他是块生性冷淡的石头，还是块滚石——不断追逐新鲜体温的滚石，而她再也不会想到，15年后，这个男人背着她给另外一个女人写信，"我无法忍受这个丑陋的女人了（米列娃），她是世界上最阴沉的女人，我已经和她分床，我无比渴念着你，甜蜜的宝贝"，还强迫她签下一份婚内分居书，每日要她定时给他提供三餐和换洗衣服，却不许在晚上爬上他的床。撇开这个男人的冷硬不谈，我们每个女人，都应该努力建设完善自己的生活，只有作为一股独立的人格力量，才有资格去爱人，才有能力去承担爱的诸多后果，正数的或负数的，败局或残局。

我对居里夫人的景慕恰恰是在知道她的婚外恋花絮之后，这正说明她是一个感性和理性都非常发达的人，在这样的人身上，我们才可以看到意志力的强度、性格的强度、生命力的强度，就好像看女高音唱华彩的咏叹调一样，发乎于肉身，收之于乐止，磅礴而出，戛然而止。汹涌的情欲，被理性的坝拦住，在一己之私欲和社会生活秩序之间，走好这个平衡木，这种控制张弛的意志力，又何尝不是一种壮美的人生境界？那么他，爱因斯坦呢？他经历了过着中产生活的少年时代，自由意志和婚姻责任激烈角力的哀乐中年，老来终于又成为婚姻生活的局外人，自横平竖直的广播体操开始，经过跟跄挣扎的平衡木，最后他放弃筑坝，任私欲抵达游于物外的太极，他这一生，真像观潮。

出生的时候，他畸形的大脑袋几乎挤破了母亲的产道，他死之后，这个大脑袋又被分解成几千块，散落在世界各地，供全世界的科学家研究基因遗传学。始于幻灭，终于幻灭，这之间，是他，也是我们每个人仅有的一生。也许他早就洞悉天机，所以一直到7岁，他都固执地不肯在人前说话，却总是躲在角落里，小声地对着自己唱歌……他对着自己唱了一辈子，科学孤旅的漫漫征途、沿途荒凉的风景、两侧空落落的看台、耳边呼啸而过的巨大风声，这一切，生命的荒凉质地，又岂是跑道终点那雷鸣般的掌声所能安慰的？我想，当他和米列娃的情书曝光后，当"我如此渴望着你，渴望用我的身体贴向你甜蜜的凹处"这样的字句大白于众人眼前时，全世界的量子物理学家都暗暗地舒了一口气吧。这个科学巨人，长达半个世纪，用他阴霾般的身影遮蔽着众人，使大家压抑地匍匐在他脚下，原来，他和我们一样，也不过是个血肉之躯。

在此我要特别向本书（《恋爱中的爱因斯坦》）作者，麻省理工学院的物理学家丹尼斯·奥弗比致谢，感谢他使一个半神成功地降落人间；感谢他给我带来若干如此愉快的阅读日；感谢他写出没有一丝作家味道的传记作品，区别于那些有太熟练的煽情和造势、充满手艺活的匠气之作；感谢他没有不负责任地把传记裁剪成"传奇"——作为一个传记作者，如果你没有高效整合资料的能力，那就老老实实做个原始材料的二传手吧。我还要感谢他传递信息的可爱方式，他像是个物理学的追星族，作为爱因斯坦的超级粉丝，他花了五年时间，艰难地辗转于他的偶像成长的足迹中。在一个黄昏，他到达了他的偶像曾经执教和生活过的布拉格，作为一个美国人，他实在无法适应这个城市混乱的交通，道路就像地下河，走着走着就没有了。那一刻他顿悟，"我终于明白，为什么本世纪初，这里出现了一个叫卡夫卡的青年，他写了那么多迷宫般的小说，原来是因为这个迷宫般的城市"。他一路上发着这种孩子气的怨言，让我也一路笑个不停。

最后，我还要感谢他的温情与婉转，当他写到米列娃未婚先孕时，他未做一语置评，却罗列了19世纪末的避孕药价格表——也就是说，在避孕药已经廉价普及而妇女在街上抽烟都要被捕的时代氛围中，他让米列娃未婚先孕，这是何等不负责任？他的这种远距离写法，保留了模糊地带，就是保留了温情，也就是保留了真正动人的力量。过于聪明的文字，往往让人觉得可敬却不可亲，百分之九十的聪明比百分之百的聪明，更聪明。

托尔斯泰笔记

看托尔斯泰，我觉出了奢侈品的气息——像困难时代的孩子吃糖块，舔一口，再用糖纸包起来，找个暗处再舔一口。看看那些骨轻肉薄的时下的文字，再看托尔斯泰，你无法用幸福或是感恩以外的字眼去命名那种满足感，对异己事物的博大胸怀、兼容度、文字的精确度、精良的做工——真是享受。中国有几代作家，他们的母体都嫁接在旧俄文学上，现在这些人都凋零了。

毛姆说作家笔下的人物可以分为两种：一种你可以在现实中找到；另外一种是病态人格。托尔斯泰笔下是前者，陀思妥耶夫斯基就是后者。然而托尔斯泰本人并不承认善恶的二元对立，在他看来，人都是河流，有湍急和凶险处，也有静美处，你可以说一个人善的时候多于恶，顶多如此，他笔下的人物，是用高度发达的写实技术多棱地塑造出来的，他最擅长的，恰恰是勾勒人物的混合气质。

这个多棱有两个要素：一、他书里没有纯粹的人物，甚至他歌咏的女人，她们统统都是有污点的、日常质地的、斑驳地带着杂质。娜塔莎差点背着未婚夫与人私奔，安娜则真的是背夫通奸，玛丝洛娃索性是个妓女——我常常觉得托尔斯泰是个半神，那种救赎和悲悯的气质，他的玛丝洛娃简直就是耶稣的抹大拉的玛利亚。他的视角也是神的视角，凌驾在小说上方，温柔慈悲的俯视视角。相比之下，契诃夫是个最高明的局外人，高尔基是个入戏的当局者。二、他笔下没有定格的人物，我看《战争与和平》，写的就是三个人的心灵成长史，尤其是娜塔莎和皮埃尔。至于《复活》，乍一看像是小制作，人物和情节的成本都低，场景也不够动态，即使如此，在书里仍然可以看到聂赫留朵夫的自我成长。

托尔斯泰的宽松和弹性也在此，甚至是对读者——他的小说能伴随你成长。前一阵我看《战争与和平》，是复读，不知道原来为什么没有读出它的好来，比较乐观的解释是，这两年来我有了密集性的进步，开始能欣赏一些皮肉之下的好处。大约有五页纸的不耐烦（当然这也是故事布局所限，毕竟有那么大一个故事的骨架撑开在那里），开局就是个群像，我一向又对人物多的小说不耐烦，正因为此，小时候才喜欢《安娜·卡列尼娜》多些吧，因为人物少，情节密度大，角落里都是爱情的碎片，宏观背景几乎虚化到无。五页纸之后，故事突然好看起来，卡列宁一出场我就爱上他了啊，后来我又爱上了渥伦斯基，这真是……爱的原因很简单啊，因为他们的骄傲——没有傲骨的男人是不可爱的。

看过了《复活》，《战争与和平》给我的惊喜就不复是人物的精确度，而是托尔斯泰控制大场面、处理情节层次的能力。布局当然是很精巧的，一开始安德烈的老婆出场的时候就感觉蓄着隐隐风雷，到安德烈来的时候那雨就下来了。他老婆的喧哗暖热——她就像萤火虫，吸附了社交场上的精华，然后才能放出自己的光来；又像是个补锅底的，身上挂着大大小小的锅底，到哪里都随身带着自己叮叮当当的热闹劲儿，就这个把安德烈烦透了。当然她是贤良美丽的，可是安德烈宁愿失去一切，也要换回单身的身份。她是为安德烈所蓄的风雷，也是为娜塔莎所蓄的。比起她来，娜塔莎至少是个原人。安德烈是一类男人的缩影，因为他们的自我状态不够强和黏稠，不足以战胜婚姻的腐蚀——解析性的文字，长在情节的枝干上，有节有序。看故事的同时，人物、心境、性格、互动关系，全都交代了。

托尔斯泰的一样绝技就是还原细节的能力，很多微观的情绪波动，被他写来竟成了一个贴心贴肺的河流转角——玛丝洛娃受老鸨的诱惑做妓女，身世和对男人的否定只是间接原因，真正打动她的是老鸨向她许诺可以买好多漂亮衣服给她，她想象着自己穿上一件黑色绣金边的丝绒袍子……这个意象真正地把她击倒了，只是一件衣服的说服力。

想起纳博科夫有一次接受访问，记者问他："在《黑暗中的笑声》里，你写得很残酷，那个玛戈小姐，实在是太邪恶了。"纳博科夫说："这好比教堂外关于地狱的壁画，你看见丑陋是因为我把它排出了体外。"——我把这个理解成，体内的隔离带，亦是一个作家的基本素质。就好比，玛丝洛娃被法官误判到西伯利亚做苦工，绝望中唯一的一线光是那些男人——

陪审员、法官、检察官，他们看她的眼色，她想，只要我不要瘦下去，事情就有希望。她信任的、可以利用的，只有自己的身体和男人的兽欲，以及这两者之间的必然逻辑。她根本也不去想那些辽远的、厚重的人生真理，这样她才能安全地保护自己的无为——还原人物的内心格局，无论他是好人坏人，不伸出一只手去摆布，这种对人物的尊重，也是作家的职业道德。

毕加索的情人

睡不着午觉，人却又昏昏欲睡，在临界的昏昏里翻一本摄影集，看到毕加索和奥尔加的合影。照片里，毕加索居然戴着礼帽，奥尔加居然在笑——想来这是他们初婚时，彼时毕加索已经走出蒙马特高地蓝色时期的落魄，正力图重新回归中产阶级阵营，此人最好玩的是生活与艺术永远同步，他的每任情人都对应他当时的画风——他迷恋复古风的时候娶了奥尔加，她的皮肤细致如瓷器，五官工整得像特累斯顿瓷器上描画出来的工笔花卉，手手脚脚都长得纤细精致——整个一个沦落世间的花瓶。知识储备也像中空的花瓶，倒不是说她不学无术，只是在天才光辉的映射下，等闲的妇德、妇容、妇功都显得苍白，跟在一个会飞的人后面跑，连正常人都觉得自己成了跛子。她的经典表情都凝固在毕加索的画里：嘴唇薄得像刀片，表情像一张绷紧的弓，所有跟了毕加索的女人在和他共同生活的后期，都会有这么张神经质的、惴惴不安的、随时准备被打翻在地的神情。

在他阴霾的蓝色时期，他的情人是病态美人伊娃，后来她死于肺结核，她的纤柔部分消解了他的戾气，或是说在他还没来得及故态复萌之前她就适时地死了——说起来她真该感谢真主。粉红时期他找了费尔南多，这是个玫瑰般风情冶艳的女人，我觉得她应该是个猫样的女子，轻浮、妖艳、撩拨风情。她也有痨病——不过是情痨，她大概就是那种终生活在情感饥渴地带的女人，不时地需要新鲜的男人和恋情做补给。这样的女人怎么可能在一个男人或一种态势的感情上定居？毕加索对她有强烈的不安全感，就像50年后对吉洛那样，甚至不允许她穿贴身、显现线条的裙子。马丽·苔伊斯，金发美女，肉体美大于精神美，在毕加索的立体主义时期的画中高频出没，她做的事就是大多数被天才逐猎又抛弃的愚妇做的事，略等于中国悍妇的"一哭二闹三上吊"，不过这个混沌美人倒说过一句明白话："我抵抗了毕加索六个月……他四处追着我……但是说到底，谁能抵抗毕加索呢？"这句话，初听起来像是弃妇的不甘，可是，再三回味，却觉得非常心酸。这么"巨大的、不幸的幸福"——原谅我只能用这个病句来命名这朵凭空飞来的乌云了，它镶着那么绚烂的金边，谁又能抵御呢？

吉洛——毕加索立体主义后期的画中，常常有她被切割处理过的脸，她本人亦是画家，在毕加索的情人中她有幸拥有一根最结实的神经，毕加索几乎逼疯了步入他私人半径范围里的所有女人，只有她抽身尚早，得以全身而退，重拾画笔，一砖一瓦地，在废墟上重建自己的生活——在她和毕加索同居的生活里，她完全放弃了自己的生活，沦为他的保姆、用人、性伴侣，更准确地说是性奴（毕加索的性欲据说堪比西门庆）。

她和毕加索有一个女儿叫帕罗玛，长大以后做了TIFFANY的设计师，她设计了一款项链叫作"破碎的心"，是一颗金色的心，中间有一道瘢痕，里面嵌着细碎的蓝宝石，她说是为了纪念她父母的爱情。说到底吉洛还是爱过毕加索，哪怕是爱成了时间的灰，也还是一座华美的墓穴，里面埋着心之碎片、蓝宝石的碎片，她对他的爱只余下古墓深埋的冷与决绝——我想起齐齐对我说过的一句话："追思往念，悉已成空，遂并一切诸好，亦复淡然。"这个曲折，低回，对旧情的恋念，死心之后的一点回味的甘甜，我只好动用中式的语境才能描摹到位。

现在我不得不说到他——想必你也看出来了，我拖拖沓沓地正在奋力寻找一个有光的入口——是啊，爱他的还有他，是他，却不是她。这个他叫雅各布，他痛恨别人说他是读书人，唯恐人家把他当作小说家，他再三强调自己是诗人。"那么，雅各布先生，诗人和小说家有什么区别吗？""当然有，小说家写'一件绿色的衣服'，诗人写的是'一件草色的衣服'。"在这些女人之前，他就已经是毕加索最狂热的追求者。当时毕加索尚未成名，正被所有的画商拒之门外。雅各布用做清洁工、搬运工挣来的钱养活毕加索画画，他自己吃牛奶泡饭，连坐车的钱都得向别人借，他天天祈祷发财，终于有一天他出了车祸，得了一笔赔偿金，他写给毕加索的信通常都是，"你怎么还没给我回音，我只好又写了一封寄给你，我的钱只够买两张邮票了"等。毕加索的信则是，"亲爱的雅各布，不是我冷落你，只是我最近实在很忙"，他们的信都指向一个方向——"毕加索总是很忙，雅各布总是在等待"，是典型的"浪子和怨妇"的恋爱格局。

1944年，身为犹太人的雅各布，因为排犹政策被捕，他的朋友们都为他四处奔走，包括爱他而未果的几个女人，他们终于弄到了释放令。可是为时已晚，雅各布已经在狱中死于肺炎，他临终写的最后一封信，是托人转告毕加索，说他想他，让他来救他。但是没有人知道，毕加索曾经为雅各布做过或试图做过什么，也许他忙于自保，也许他在享受闺房之乐——毕加索最喜欢挑唆两个女人打架，然后他在旁边抱臂观战。人们只记得，1937年的时候，雅各布最后一次见到毕加索时，他们之间的争吵。

诗人问画家：

"你为什么专拣1月1日来看我？"

"因为这是家庭团聚的日子啊。"

"你错了，在我们这里，1月1日是万灵节，鬼魂的节日。"诗人说。

惶恐自白书

托马斯·沃尔夫：

看了本托马斯·沃尔夫的自传。至少书名是这么写的——《一位美国小说家的自传》，其实不过是两个演讲稿。话真多，肥肉部分太多。一段话的核，可能要包在十个胖句子里，村上可能是八个，契诃夫是三个瘦的，还好他尚有自知之明——"需要我讲点什么，往往要花费很长的时间，有很多批评家向我提出过这个问题。我也知道他们说的是真话。我花了很长时间往往还说不到点子上去。这些我全部都知道，但是要我换个别的方式来说，却是不行，我只能按自己的方式来写"。

不过他的话痨，确实让我感觉到喷薄的生命力……听说他是个两米高的胖子，总是站在冰箱旁，一边狼吞虎咽，一边下笔滔滔。他的饕餮相，在文字里亦然。福克纳说他"天啊，看这个人写文章，好像写完就要死了一样"。如果说，每天留一点灵感的点滴待明日再续的海明威是韬晦型作家，那沃尔夫就是消耗型。

沃尔夫的感官真是极其敏感，他是被一条幻景的长河滋养着，在欧洲写出了他记忆中的美国。《天使，望故乡》里的写实感，实在令人叹服。一座横跨美国河流的铁桥，火车开过上面时的隆隆作响声，泥泞的堤岸，浑浊的河水，水面泊着的褪色的平底船。这些记忆喷涌而出，自行成书了。他趴在巴黎阳台的栏杆上向外看，突然想起了大西洋城，他的老家那里，满是过时的栏杆。而它们，好像马上就在他胳膊下面成形了，然后他絮叨着说起它们的长度、形状、冷酷的生铁质地……这个人的感情真多，像狂潮一样，满满的，都漫出来了，文字都拦不住。

连演讲稿里都有这样出彩的普鲁斯特式段落："也可能是离开家乡两公里外的一间农村小屋。有些人在那里等电车。我感觉到小折刀在木头凳子上划出的缩写的人名。嗅到那令人激动的温暖气味。它是那样浓郁，富有刺激性，充满不为人所知的欢乐。电车驶过时的丁零声，午后三点时，被太阳蒸熟的青草气味，电车开走时空虚寂寞和离别的感觉。合成了蒙眬的睡意。"

木头椅子上的刀痕……突然想起《天使，望故乡》里，那个爱用刀的威兰家族，家庭聚会时，每个成员都手持一把刀，言语不多，心机深沉，靠着壁炉，用指甲刀修指甲的是舅舅，因为这个姿势让他觉得最能掩藏心事。这个三两笔素描就把人物定位的功夫，像海明威。

他做这两个演讲时，已经写出了《天使，望故乡》。他是一个乡间石匠的儿子，从小就把文字视作云端上的圣殿。他有着巨大的抱负。他在幻想、希望、不着边际的巨大渴望中创造了他的第一本书，还有读者群。之前的三年，他的书，书里的世界，那世界里的人物、颜色和气味，占据了他的全部生活。成名以后他觉得惶恐极了，跑回他租住的小屋里，打量着自己的杯子，上面还有咖啡的残痕，衬衫还没洗，被子都没有叠，看上去那么无序和平庸，简直配不上他刚刚赢得的名声。这突如其来的巨大荣誉，硬是把一个小蚂蚁砸晕了。将来会怎么样呢？在好评如潮之后，是江郎才尽还是老而愈葱？当想象中的一切都成了一望而知的事实地平线之后，目标反而模糊了。

萨义德曾经说过，"我不敢看我写下的东西，觉得羞耻"，张爱玲说，"我站在蓝天下，被裁判着像一切的惶惑的未成年的人，困于过度的自夸与自鄙"。前两天有个喊我阿姨的小女生给我写信。掏心交流之后，那种交流又会让自己恶心。而沃尔夫说，"这简直是太矛盾了，我费尽心机写一本震惊大家的书，可是这种暴露又让我害怕"。

那种感觉很熟悉，年轻的时候，自我膨胀，觉得世界的注意力重心都在自己身上。渴望被读解，之后又觉出暴露是件很不安全的事。

他毫不掩饰自己的功利心，他的巨大写作热情，建筑在他的征服欲上，"那不存在的、拟想中的读者群，是我的写作动力"。我想起我认识的一些文学青年，有的来自偏远小镇，有的来自农村，也是自恃有小才，不甘于人下，努力在写着，想着有一天，重拳抛出他们的作品，震撼文坛。较之于三毛"我写作不过是为了娱乐自己，如果不小心娱乐了别人，那是意外"的脱俗，我觉得那种天真肤浅外露的企图心，倒是更亲切可爱些。

《天使，望故乡》出版之后，激怒了沃尔夫的家乡人，因为里面有他们认为诋毁宗教的成分。他被淹没在匿名信、诅咒、愤怒的暴风雨之中。他死后，他的故乡却以他为傲，连他父亲的石匠大锤都特地造了纪念碑，镇中心的雕像正是他的天使，微张着翅膀庇护的样子。他死在巴尔的摩。在他生命后期，他向大学辞职，与情人断绝往来，在纽约布鲁克林的一个公寓里住了下来，经过了10年井喷一样的写作后，撒手而去，死时只有38岁。在他逝世前，他反复重复一句话："你不能再回家。"

其实他一直都没有离开过，在他的文字里。

村上春树的摩羯气质及他的慢跑

人的体能和他的智能模式，往往有奇怪的契合。作家和哲学家热爱的健身方式，基本上都是散步、长跑或旅行。这些运动的共同点是：一、单枪匹马，不需要对手；二、全程密闭，在身体保持匀速运作的时候，更能信马由缰地思考。就像村上春树在随笔里写的那样，种种思绪像不成形的云絮一样飘过，云朵穿过天空，而天空留存——这句话，在我看来是有禅意的。也就是说，他就是为了获得云朵之后的天空才跑步的，这个天空就是自制的、小巧玲珑的空白。

村上是个摩羯座，这是个坚韧、低温，而又有超强耐力的星座，长跑作为村上的生存隐喻，真是太匹配了。首先，它完全以自我为坐标，没有竞技性，村上自20岁离开学校，最早是开酒吧，后来是旅居异国，自由写作，根本没有过纪律生活，他缺乏和人群的协调性，和任何人一较高下都不是他的兴趣所在。长跑是以自身为参照物，与自己的体力、惰性为敌。其次，长跑以耐力胜，村上的写作，自29岁始，至今已30年——村上的长跑并不随性，像大多数魔羯，他也属于计划性的工作狂：穿高价的平衡牌慢跑鞋，耿直地抓紧地面，细细画好训练曲线图，在参赛前一周，让自己度过疲劳极限，让体能达到最高峰值，绝不让肉体过于委屈，那样会把储备的体力本利全蚀。

摩羯的工作热情，有浓浓的自律、淡淡的自虐，他们天生就要与安逸和滞重的惰性为敌，一定要在消耗中才能得到快感。村上写到一次跑完马拉松后的情景："我终于坐在了地面上，用毛巾擦汗，尽兴地喝水。解开跑鞋的鞋带，在周遭一片苍茫暮色中，精心地做脚腕舒展运动……这是一个人的喜悦。体内那仿佛牢固的结扣的东西，正在一点点解开。"如同写完长篇，搁笔，轻吐一口气。呼。他一点点地拉长体能的极限，42公里标准马拉松，100公里超级马拉松，超越之后，兴味转淡，开始挑战更为艰巨的铁人三项，同样地，到60岁了，他还兴致勃勃地期待着自己的下一部小说。

这套高效率、低能耗的长跑理念，可以全盘对位这个摩羯座男人的创作观。每天上午，在脑力最明晰的清晨，写下洗净的字句；午休，写点小随笔健脑，晚上喝酒消遣，给大脑做放松活动，像健美操的收梢处，不让脑力透支。也和跑步一样，文思就像身体，会有"文字憔悴"，一旦想象力和支撑它的体力之间的平衡瓦解，作者哪怕用类似余热的技巧，继续把作品的边缘打磨漂亮，也只能日暮途穷。

按说小说派别划分，只有写实派和现代派，但是村上的作品常感觉比较临界，既不像真的，也不像假的。其实跑步是个绝妙的隐喻，就像他沿河慢跑，观摩湖面解冻的冰凌、金发姑娘扬起的辫梢一样，村上作品的真实感，来源于情节的律动和自顾自的前行，而它的虚假得自它与人世的疏离。比如《世界尽头和冷酷仙境》中大雪纷飞中的图书馆，又比如《挪威的森林》里，渡边去找直子的听爵士、自种蔬食的疗养院。

摩羯总是有种隐忍的小温柔——有句话快把我看哭了，他写自己每每受了非难就去跑步，心里苦痛多一分，就多跑一里，物理性地丈量一下人的局限性。《重庆森林》里金城武说，"失恋以后我开始练习跑步，把所有泪水都挥发成汗水"——很难想象村上或金城武去打台球或是扣篮缓解创痛。那种内心深处的咸苦，只能在无人处，一点点地厚颜舔舐，再缓释。

所以《少女小渔》里，与少女合谋骗绿卡的老男人，问她有什么爱好，她会说："I walk,because I have no money to do anything else."（走路，因为我没有钱做其他事。）她却从不拖欠老男人的房租，老男人最终被小渔唤醒良知，重获新生。严歌苓说给主角起小渔这个名字，是为了纪念人鱼的献祭精神，我相信她并非妄言。《少女小渔》的ＭＶ里，小渔穿着江伟的大夹克，倔强地牵起一丝嘴角，唱着："我从春天走来，你在秋天说要分开……想要问你敢不敢，像我这样为爱痴狂。"她在海边走着，唱着，小小的、单薄的身影渐行渐远。

近半年来，伤心欲绝的时候，我就穿了白跑鞋，下楼去夜市溜达，买久久鸭脖的麻辣肫肠，和绝味、千里香众品牌不同，久久的花椒比例特重，不仅辣，而且麻，辣只是刺激味蕾，麻简直可以电击毛孔，几口囫囵下去，全身一哆嗦，肠胃微微痉挛一下，眼泪就顺理成章地下来了——我们可能是类似的内心质地，敏于思，讷于言，只能把伤害扭制成另外一种形状的物事，跑步、走路，都是我们的容器。

对于卡夫卡，我看不懂他的小说，也看不下去箴言录，只好看游记（《卡夫卡游记》）——像是骨感的剧情介绍，又像是关于梦呓的长镜头：每个字都是干燥的，字与字对峙，词与词疏离，句与句之间是宽大的缝隙。每句话看起来都是废话，合在一起却有意外的意思，比如这个："1912年7月1日：放射型路口的花园房舍；在花房草丛中画画；背下了休憩椅上的诗句；折叠床；睡觉；院子里的鹦鹉喊着'格蕾特'；徒劳地去了一趟艾尔大街，因为她在那里学缝纫；洗澡。"似乎也不是为了压紧或节省文字，又不是为写流水账敷衍自己，只是文字疲劳——如果文字也会疲劳的话。

但是写到"她"的时候文字就会忽然密集起来，比如："歌德故居，我想和她合影，看不到她，我准备过一会儿去接她。她的举手投足都是微微颤抖的，只有有人对她说话时，她才动弹。要拍照了，我们坐在长椅上……晚上舞会巨大的喧哗，同她之间似乎没有任何联系，断断续续被打断的交谈。一会儿走得特别快，一会儿又特别慢。尽全力去掩饰这样一件事——'我们之间确实没有任何关系'。"

哦，原来问题在这里，文字的两极，简陋和琐细，只是因为她——除了她以外一切都是不值得的：生活不值得，花香不值得，舞会不值得，游记不值得。她当然不爱他，不过也没厌倦到拒绝他送上门来娱乐自己。他呢？我想他是爱的，可以比较一下后来他写密伦娜的段子，"我走进门去，她坐在桌边，像个女佣，她是谁？我不关心，我马上就接受了她的存在"。卡夫卡一直被喻作一块透视苦难的冰，他是，但是不止，他还是一架自照的X光机。就像盐溶于水一样，他接纳了这个女人，她给他安全感，安全到第一眼就意识不到她了，就像我们对家人一样。她是生来宜家宜室的——他是要拿她做一个与家庭生活和解的契机吗？

爱的证据恰恰是——你无法克服她的存在感。所谓"寤寐无为，辗转伏枕"——就像游记里这个女人，像一只坏牙挤压着好牙，让你的意识时时浮现出她的存在。这些地方，就是爱情或痛苦的开始，就会落实在文字的线索里——这部游记里埋伏着一个爱情的败局，原来如此。但是我们终究是得不到解释的，卡夫卡，这个法学博士，终身制的法律工作者，是因为职业习惯吗？已经彻底厌倦诠释了——也不是，他已经把一切诠释成消极了，而且是在事情发生之前，就先验地把它消解了。想想多可怕，一张绝望的网，张开在前方——"目标倒有一个，道路全无一条，所谓路者，踌躇也"。我看他不是死于肺病，而是被他自己分泌出来的绝望毒死的。

海明威：男人的情愫

《告发》，收在《第五纵队》里的一个小短篇，也就一万多字吧。我得说，海明威的小说，就注意力而言，投入产出比真是低。一万多字的东西，我看了一个晚上，始终听不到心底的那声"咔嗒"，我打不开它。偏我又是个偏执的人，所以一次次转门锁，先看的是冯亦代版本，百花文艺出版的，觉得隔着一层；又去找上海译文蔡慧的版本，发现她的译文更虚浮，离问题的核心更远。后来我突然意识到，解题的关键不是文字，而是情愫，男人才懂得的那种情愫。我长不出喉结和胡须，我也没有刮胡子或爱抚女体的手感，就像这类事一样，海明威是我经验之外的东西。至今我能看到让心底"咔嗒"的海明威，大概也只有那篇绕指柔的《雨中的猫》。

还是先说这篇《告发》吧，故事很简单，就是西班牙内战时，海明威去一个酒吧喝酒，发现了一个法西斯分子，结果酒保来试探海明威的态度，是要告发还是怎么？海明威的态度是"关卿鸟事""关我鸟事"。但是小说家的好奇心，大约是类似于化学家，他很想试验一下在这个激变下，人性会有怎样的易色，所以他给了这个酒保一个军事机关的号码，如我们所料，这个法西斯分子被抓了。这时的海明威，突然有一种难言的不适感，于是，他打电话给那个抓人的人说，"你们告诉他，是我检举的"，海明威说，"别让他对那个酒吧失望，让他恨我好了"。

我很想找一个男人去谈这个小说，"你读海明威吗""你读过《第五纵队》吗""你读过《告发》吗"。我可以模糊地接近，可是我析不出，也无法把这种情愫结晶。海明威内心的不适，是什么呢？是如冯亦代在跋里写的"强作正义，求心之所安"吗？我觉得不是。他应该是觉得不洁，这个不洁，从哪里来呢？因为他觉得自己检举这个男人，是原则的沦丧，关键在于，原则有大原则和小原则，正义，在海明威心里，也只是末事，他更崇尚的，是一种"硬汉"法则。

我依稀觉得，枢纽还是在开篇的部分，为什么万把字的小说里，海明威要安插这么重的一个头，大概有一两千字都在写人物活动其中的那个酒吧？而海明威这个人，用字极简，实在不是个沉溺于景语、滥设情调的人，他就反复地在那里说啊，这是一个男人的酒吧，这是一个最好的酒吧，我们不需要娘儿们，我们不需要政治话题，我们有好酒，我们有朋友。这是一个小而逼仄的空间，像母体的羊水一样，保护着每个在大环境里失重的人。大环境是什么？满地被炮轰的碎玻璃碴，遍地的弹灰，时不时轰轰而至，如滚雷般的炮击。

所以勇敢的、不怕死的、快乐的硬汉，都跑回这里来消遣、娱乐自己了。每个人一进来，就觉得自己卸掉了大环境下的身份，只剩下"及时寻欢"的小我了，这个小我，应该是可以逃脱在大的秩序之外的。所以那个法西斯分子，在那么高压的政治空气下，也大摇大摆地来了，因为他觉得，在酒吧默认的模式下，他是安全的。这里没有战时的种种明亮逼人的敌我关系，而海明威就在那里反复地说："这是一个勇敢的蠢人。"

但是海明威的字典里，最大的一个词，是不是"勇气"呢？甚至高于"正义"？这个法西斯分子说起来也是他的朋友，输钱从不言悔，打猎是把好手，战时也敢来敌方的酒吧晃悠，他吻合海明威的"硬汉"标准。所以海明威深觉不洁，因为他参与了一件"出卖硬汉"的事。正因为此，他对酒吧"正义爱国"的行为，不认同且拒绝介入。他被冯亦代反复批评为"冷漠""隔离""旁观"，其实，实在是因为海明威要保护自己心底更高的原则。

他修补原则的方法是打了那个结尾处的电话，因为这样他才可以对自己的行事准则、立身之道做个交代。被仇视的滋味，好过急剧萎缩的良好自我感觉。他爱极了他心中苦苦经营出来的那个硬汉形象，当他站在良心前面自省的时候，什么也不能伤害他美好的镜像。这个才是最重要的。

我和朋友谈到哈代，我说我只喜欢《贝坦的婚姻》，他震惊了！作为超级"哈代迷"，他居然没有这本书！我感到他口水滴答起来，就继续诱惑他，我说你看完这本书就知道：一、哈代是英国人；二、哈代是诗人。他的行文，是典型的英式冷幽默。朋友激愤了，说："不可能，不可能！哈代是最温情的！"那口气像是我对哈代做了人身攻击似的。

在《贝坦的婚姻》的前言里，哈代就给读者定位了阅读模式：戏剧化的且是轻喜剧的分场景阅读。他又反复强调这篇文章是戏笔、练习曲性质的，简直有推卸责任之嫌，那么他的动机是什么呢？难道是因为他是19世纪末期的作家，当时小说的受众群，多是有闲的上流社会，他怕这本写到等级冲突的书被理解成颠覆上层社会，进而得罪他的读者群？总之，这本书被认为是哈代作品中最不哈代的一本，甚至被出版商拒绝出版。哈代，作为一个被定势的作家，他的名字只能被置换成田园、温情、反教会。

贝坦出身底层，是个仆人的女儿，在当时的社会环境中，尚未有透明和健全的竞争机制，你一辈子都只能附着在你出身的那个背景上。哪怕像贝坦这样貌美多才也没用，唯一颠覆这条死定理的方法，就是做"女结婚员"，在这里，我把女结婚员定义为：以结婚作为谋生而不是谋爱方式的人。比如贝坦，她19岁时成功地嫁了一次，不过事情就冻结在初始化状态了，因为她的贵族丈夫很快就死了。她的婆婆"出于善心"，买断了贝坦的再嫁权，作为交换条件，给她提供衣食和相应的社会地位。婆婆去世以后，贝坦并未分得预计的遗产，因此她只好继续她女结婚员的职业生涯，本书即是记述了她的职场风波。

我和朋友大概交代了以上情节，朋友又开始质疑说："这个题材也不像哈代，倒像是简·奥斯汀。"后来我仔细地想了一下：简·奥斯汀的好处，就在于她的一身俗骨——最好的小说往往是最生活化的，简·奥斯汀是整个人，包括她的意识、感情、思路都浸泡在世俗里，在她口语化的文章中，常常可以看到人物的年收入、嫁妆数目这些俗务。她的人物多是庸常气质的乡绅，她的讥讽力就作用于这个庸常气质上。

而哈代身上，或是说他创造的人物贝坦身上，却没有这种浑然的气质，他的人物是立足在一个临界点上，向左看看劳工阶层，再向右看看贵族阶层。用哈代自己的话说就是：这本书是用仆人宿舍的视角去写绅士的客厅。再说这本书的结构，虽然它有一些戏剧的外观形式要素，比如说它的情节发展寄生于场景过渡，但是比较一下简·奥斯汀的小说，比如《曼斯菲尔德庄园》，就能对比出，前者的戏剧化只是为故事撑开骨架，后者的戏剧化则是在皮肉之下。在简·奥斯汀的小说里，甚至用大量的动作连词替换了主语，也就是说，它本身就具备了舞台剧剧本的技术要件。

再说回贝坦，作为一个职业女结婚员，贝坦精于业务——她熟知男女关系的进退部署；兼工作敬业——她款款走来，温柔的眼光呈扇状扫射出去，她眼里并没有一个男人，可是她使每个男人都觉得她在看他；这是一个处处布满了计划的女人，包括她自己的日常衣着、谈话手势、感情生活，甚至一个表情，都有着设计感，她甚至准备为自己设计一个贵族家谱，像纯种马的血统证书一样，好让她获得与另外一匹纯种马交配的机会。

她的兼容性强，适应面广，每个人都可以在她身上找到相应的入口——深有深的入口，浅有浅的入口，老男人被她少女般的清纯打动，少男沉溺于她成熟妇人的醇味；在坏人眼中，她有好人的安全感；在好人眼中，她兼备坏人的娱乐性。结果就是：每个人在她这里都可以各取所需，乘兴而来，尽兴而去——像英国宪法一样，她实际上的成功是由于她原则上的自相矛盾。

我试着把痛苦粗糙分类一下，则贝坦的痛苦是——既然跻身上流社会是她唯一的人生目的，如遇到阻力，对她来说就是一种事业受挫的痛苦。如果把这种痛苦和包法利夫人的痛苦相比较的话，那么贝坦的痛苦几乎是男式的，所以她的解决方法也不可能是包法利式的——带着主观的体温去读一本书，把自己代入书中的非日常环境及人物，享受意淫的快感，以间接经验来安慰自己的深闺闲愁，实在不行，再去找一个婚外男人做调味品。

而贝坦的企图心呢，必须靠一个社会地位卓越的男人来实现，这个人当然不可能是她的旧日情人朱利安。朱利安是这样的，当他狂喜的时候，他脸上的表情是平静；当他平静的时候，他脸上的表情是抑郁。一句话：这是个内外温差极大的男人，与此相应的，是他英式教养的表皮下，被这种教养弱化掉的行动力——他是一个没落贵族，既没有劳工阶层粗莽的行动力，也耻于用个人努力回归贵族阶层。在贝坦看来，朱利安的爱只是一个单薄的意向，他没有高于这个意向的行动力去实践它，这意味着，如果她与他结合，那么她得同时供养双方的生活和感情。根据"可怜即可爱"的原理，女人可以用展现弱势赚取男人的同情，可是男人的弱势，相形之下就不那么可爱了。

和朱利安呈扇状等距离分布在贝坦周围的，还有女结婚员的另外两个客户：奈依和拉迪威尔。奈依是个理念成熟的男人，体系坚实，无法渗透，在这个结实的体系上，覆盖着厚厚的、社会经验的油腻层；他生活在青春的隔墙、理性的世界里，带着经验的腐臭味道。贝坦是这样的，即使她奔走的终点始终不外乎是个男人，她也需要一个诗意的过程。她对上流社会的向往，不仅是物质意义上的，更是审美意义上的，即与之配套的精神生活和精致趣味。而奈依却是个节约一切恋爱成本（包括装饰性的情话、示爱的动作、常规的求婚程序）直奔恋爱结果——结婚的人。他是这样：即使他的眼睛里有一点微温的爱意，也被他身体的其他部分扑灭了。他的吝于示爱使他显得感情贫瘠，缺乏支持长线发展的资源，以至最终败北。

而拉迪威尔则恰恰相反，他是个画家，情绪配置参数高，情绪流量大过常人。喜怒皆形于色，性格不成熟，就像大多数这类人一样，渴望波澜壮阔的生活，他是每时每刻都处于一种动态之中，他从不与自身的体系同步，任何新鲜观点的出现，都可以把他的平静拉开一个大口子。贝坦大概是觉得"妾为藤萝，愿托乔木"，所以连瞬间失重都没有，就把这株飘摇的草本植物淘汰出局了。最后，当贝坦的家庭出身被揭穿，不能再混迹上层社会以后，她仓促地嫁给了一个老迈的贵族，哈代总算和他锋利的主题和解了，故事也算有了个喜剧式的尾巴，我不知怎么想起张岱的《夜航船》里记载的一个偏方：搁久了的陈年珍珠会褪色，清洗它的方法就是把它裹在菜团子里喂狗，然后在狗的粪便里，就可以清洗出一颗洁净的珍珠。贝坦的婚姻也类似：虽然有个光明的结果，过程却甚可怖。对贝坦而言，她要得到美，就得经过丑，她要像只鸽子般善良和纯洁，就得用毒蛇般的心计去维持。也许，就某个角度而言，她确实是纯洁的，譬如：她从未对一个男人说过"我爱你"，当"爱"只是一种谋生方式的外壳，当"你"只是任一谋生对象的时候，"我爱你"不过是一个变数叠加而成的骗局，所以她不说，也唯因如此，这就变成更深一层的悲剧了。

纳博科夫的《眼睛》，不知道怎么给上海译文做成单行本了，只是一个小长篇的篇幅啊。查了下年表，这篇成文时间是在《玛丽》之后，《塞巴斯蒂安·奈特的真实生活》之前。心里掂量了下，差不多应该就是这个次序。

玩的技术是什么呢？就是让手退场。这是纳博科夫最重要的创作理念：只剩下"在场的眼睛"。一开始，小说是以"我"的视角为支点的，"我"是一个十月革命后，流亡柏林的旧俄难民，爱上了一个富商的留守太太，被察觉后遭富商暴打，萌生死念。自杀未遂之后，"我"看破红尘，只剩下一双阅世的"眼睛"。特别要注意第21页的那句话，"对我而言，这是一个新生的开端，至于自己嘛，我只是个旁观者"，再然后，情节转场，出现了万尼亚一家人，还有他们的家庭聚会。

从此，情节都由一个叫"斯穆罗夫"的人承包了。随后"我"又时时出场，并费尽心思想知道万尼亚等人对斯穆罗夫的看法，这就是"眼睛"的寓意——可怜的斯穆罗夫的存在，仅限于他在别人的头脑里的反映。一大半的情节便是为此而设的，"我"所做的事便是窥探别人头脑里的"斯穆罗夫"。在最后，斯穆罗夫被万尼亚拒绝后，意图对万尼亚不轨但未遂，离去时得到了最后一位，也就是万尼亚的恋人——穆欣的看法："我从来没有想到你是这么一个大浑蛋。"此时，所有的谜团都浮出了水面，"我"即是斯穆罗夫。

谜底破解以后，再回头看一遍小说，觉得搞笑得要死。比如斯穆罗夫这个人，在不同的"眼睛"里有几个版本，全知视角说他"偶尔说句笑话，就在沉闷的聚会中推开暗门，吹进清新的小风。优雅的辅音余韵，意味他高贵的出身"……哈哈，当知道第一人称的"我"就是斯穆罗夫本人之后，才明了这不过是他的自恋自赏而已。

寡言不合群的人，可供外围读解的参数比较少，总是容易被误读。在阅历不深、间接经验也只限于通俗小说的万尼亚眼中，文青气质、忧郁少言的斯穆罗夫"很善良，太善良了，非常爱每一个人，所以总是荒唐又迷人"。而饱经世事、老于世故的穆欣，则一眼看破了斯穆罗夫为自己编排的华丽军旅传奇，知道他的酷，不外是羞涩胆怯加经历苍白。精于算计的商人赫鲁晓夫（很明显，叫赫鲁晓夫，是为了挪揄红色政权。纳博科夫的小心眼，让我哭笑不得。他总是不忘讥讽布尔什维克、暴发户、通灵术、犹太人、德国人和弗洛伊德学派）只看见斯穆罗夫领带上的洞，就认定他穷困窘迫，是个贼。

和平主义者玛丽亚娜，片刻不忘彰显自己的道德优势，不容对方辩驳，就把斯穆罗夫说成一个"杀人不眨眼的白匪"。精神分析学拥簇者罗曼，时时都在寻找下手分析的材料，他写信告诉远方的朋友，说斯穆罗夫是性别倒错。书店老板，犹太人施拖克，是个被迫害妄想症患者，他寡淡日常的唯一调料，就是滋养自己的疑心病，他觉得把人生活成爱·伦坡的恐怖小说才带劲……哈哈，他说斯穆罗夫是隐藏的特务。

真实的形象是不存在的。存在的，不过是映射他的千万面镜子。多认识一个人，幻象就多繁殖出一个母本，然后继续增殖，像顽强的寄生物一样四处蔓延。那句话怎么说的？当你活成了一个锤子，你看谁都像钉子。人总是喜欢给自己的幻象找个下家。

其实，后来纳博科夫写的《塞巴斯蒂安·奈特的真实生活》，也是通过好几个人的眼睛，正面的、褒义的、贬斥的各类视角，去拼凑、还原一个人。别忘记纳博科夫是个文体实验家，所以他把这个烂俗的爱情故事，放进了一个侦探小说里来写，先是收集了很多人对塞巴斯蒂安的印象版本，然后让读者像侦探断案一样，自己推理剥离出一个塞巴斯蒂安。这个《眼睛》，不妨看作抵达《真实生活》之前的小练习。

最好的写实小说家，都是眼睛型的，比如托尔斯泰、契诃夫。控制力稍差，就有点动手动脚，我每次看内米洛夫斯基的小说都提心吊胆的——她讨厌她妈，还仇视农民，对贫苦阶层不信任，有敌意，一写到他们，她的笔法就降温了。她写她妈眼睛里的欲望、开得很低的领口，都让我觉得有点不洁，她始终念念不忘：这是个荡妇，毁了她的童年。

那天和他们吃饭，说到小说技术的问题。保罗·奥斯特自然是玩技术，但是他那个结构，一看就是精心雕琢的，多少还是留下痕迹；雷蒙德·卡佛的技术就更熟练，几乎是大化无形。我说："100个小说家里，有1个是天才，剩下的99个都是技术工人。"当达·芬奇画了成千上万个鸡蛋以后，他闭着眼睛画个圆圈，也是技术；杜拉斯写《情人》，外行看就是一个人内心的律动，但是写小说的人，比如王小波，一眼就能看出那是精心编排过的。这里有个悖论，就是：即使是真实的感情，也要有很好的技术，才能把它表达到位。朋友说："19世纪就比较流行全知视角，因为那时人的思维惰性很强，接收信息也比较老实。现在的读者口味刁得很，非得写成侦探小说一样，一点点喂给他们，吊他们的胃口才行。"我发现还是"挖井型"作家比较爱玩技术，也是因为题材局限，像纳博科夫，很明显，他对政治很排斥，对世情也冷淡，交际面也不是很广，如果依赖情节，他就太窄了——就好像手头只有胡萝卜和青菜的厨师，只好在装盘、配色、刀工和调味上下苦功了。

伯格曼：

心之密室，犹在镜中

夜来，余冷尚存，拥着被子看伯格曼的《魔灯》——那个北欧电影哲人的自传。这次是复读，上次读这本书还是上学的时候。电影人写的书，安东尼奥尼那本是我的圣书，反复咀嚼了好几遍；费里尼那本有部分章节喜欢，不喜欢塔可夫斯基和雷诺阿——我是就叙事技术和阅读快感而言。我对人几乎没有本体论意义上的好奇心，我对他们的好坏也没兴趣，以好坏给人分类也未免太粗糙，最好的人也有恶因子，遇到合适的触媒则适时发作，或是终生潜伏。人是有兼容性的。

所以像《岁月与性情》那种书打动不了我，我疑心那是技术性的抒情，布局和导向性很明显——不过我倒是被这本书打动的人感动了——齐齐是喜欢这本书的，她有时会误解别人的立意，可是这点误解是她最可爱的地方：她质疑生活，然后又去结结实实地生活，她没有那么细腻的自怜——恰恰是她身上这种粗糙的信心打动了我。伯格曼笔下的第三任太太甘就是这种类型的女人，他写她的文字算是礼遇了。

一本意识流结构的书，这个让我有点

警觉：相对于朴素的线性叙事，意识流往往会变成一个情节化、操作性的"滤镜"。所幸每个时间单元都有完整的事件，也有蔓生的细节，所以看起来并不颠簸。他出生在一个牧师家庭，这种附着于宗教组织的家庭生活，就像是聚光灯下的一个浅浅的盘子，所有的细节都会被放大。所以他们必须过那种榜样生活，说那种义务性的对话。以至于伯格曼6岁就立志要做个伪君子，他想这是最高效的应付围观的方法。伯格曼家族的标志性表情就是那种低温的非交流状态，翻译成口头语言就是：不要碰我，不要接近我，请不要理解我，我是伯格曼，看在上帝的份儿上，离我远点。

伯格曼的父亲是个路德派牧师，常常骑单车带伯格曼到乡间传道，这些后来都成为伯格曼电影中的传记性因素。父亲是个有暴力倾向的焦虑症患者，伯格曼本人亦是，两人长期有精神层面上的冲突，后来甚至发展到武力相对。老伯格曼临死时，在病榻上向儿子道歉："请原谅，我不是个好父亲。"儿子毫不留情地反诘道："什么好父亲，你根本不配做个父亲。"在伯格曼看来，与其廉价地用谅解换取谅解，不如保持原生态的仇恨，至死两人都没有和解。仇恨，唯有仇恨，才能和被毁掉的童年达成妥协。这种倾斜的家庭结构往往容易出产暴君、极权人格者或伟大的艺术家。就破坏力的范围而言，伯格曼有幸成为后者。父子冲突也成为伯格曼电影中通用的母题。伯格曼自己也说："拍电影就是跃入我童年的深渊。"

他沉默寡言，几近失语，他害怕语言，他最喜欢用的一个词是"无"，因为他觉得这是个最值得信任的、没有确定性的词，成年之后他拍了一部电影叫作《假面》，里面就有一个女人因为厌恶语言的不洁而拒绝说话。他也怕他的爸爸、妈妈、哥哥——害怕一切，他通往现实的唯一路径就是一套木偶剧玩具和一个投影机器，他把它称为"魔灯"。每次爸爸为了惩罚他把他关进漆黑的壁橱时，他就偷偷打开这盏投影灯，那种灭顶的恐惧一下子就被扑灭了。那是他唯一获救的方式。

在少年伯格曼看来，所有的东西之间都有一种凝结的秩序，而通往自由的门却是紧闭的，他的成长期，就是在这个紧闭的门前苦苦地等待，等他终于穿越了这个保守积淀层，以心智突破重围时，他的感觉已经变硬，那个成年地带是个万劫不复之地。在禁欲的家庭氛围中，他对性自然是一无所知的，也没有好奇心，他的性启蒙者是一个中年寡妇，她在浴缸里让他第一次勃起。苏醒的性欲像一声响雷般轰击了他，欲念开始盘旋，于是就有了手淫。一种近乎强迫症般的、痛苦的快感。

他变得沉默寡言，口吃，咬指甲，结巴，内向，孱弱，生活几乎令他窒息而死。他的第一个肉体情人叫安娜，是一个胖乎乎的傻姑娘。他直言他不爱她，他不爱任何人。当《假面》里的那个女人说："我不爱我的孩子，我只能拒绝他们，这样才能保护自己，绝望地捍卫自己，因为我无法回报他们的爱，我讨厌笨拙地去伪装成爱他们的样子。"我觉得这个女人是在代言伯格曼。伯格曼有五任妻子、九个孩子，其中的一些他甚至不认识。他探视他们，抚养他们，但他直言他不爱他们。我想他一定是个理念上有洁癖的人。他不愿意模糊地界定爱。

他说到他的第一次婚姻："我让一个女人怀了孕，我只好和她结婚，结婚的前夜我逃走了，后来又跑回来了。"只有四句话。而他可以用大段大段的章节去记述他的一部戏。他写到他的几次婚姻，总是说，关于此事的细节，请参照我的哪部哪部戏。他爱电影胜于一切，他的生活似乎只是为了为电影做经验储备。对他来说，"家庭""妻子""小孩"都是虚词，他也排斥"安全感""秩序""日常生活"这些现实要件，他一直说电影是我奢侈的情人，戏剧是我忠实的妻子，他根本就没有给女人留下感情空间。他的后几任太太几乎都曾经是他的婚外恋对象，排戏时，人和人在感情上是裸体相向的，那是一种很性感的氛围，人在其中很容易陷入外遇。而这些浸泡在戏剧氛围中的女人，一旦上了现实的岸，就立刻被他搁浅了。在他看来，与她们的关系只是抒情的肉欲罢了。

他和第三任太太甘，在他们解除各自的婚姻之前曾经长期地通奸。他们一起跑到巴黎去，吃了不干净的海鲜，两个人肠胃都不好，于是上吐下泻。为了不破坏恋爱的色香味，不敢用房间内的厕所，只好提着裤子跑到走廊尽头去用公用厕所，然后，回来继续做爱。这种剔掉生活杂质的爱情自然是脆弱的，它又结束于伯格曼的下一次外遇。可是，几十年后，伯格曼说起这个女人，他甚至对这个女人用了"爱"这个字，只对她。

他有发达的感知体系，但他从来不轻易启动感情，他的感情都收藏在一个密室之内，当他回忆一件事时，他有纤毫毕现的情绪记忆，但他无法复制感情。这又是一处理念的洁癖，感情之所以为感情，恰恰在于它的不可预期和不可复制，能够复制的绝不是感情。生活是个偶然的网络，没有道路意识，爱情附着其上，必然也是易碎的，这种对碎片的珍惜，我们可以把它看作更广义的爱情。伯格曼的洁癖就在于：他不把这种对碎片的珍惜等同于爱。

他是个极端的自我主义者，这一点，他根本就无意掩饰，他的自我就是他的行为定位系统，最重要的是，他不自怜。一个人自怜过度必然会导向逻辑暴力，很多人的命运悲剧只是因为：他们是极端的自我主义者，可是自怜使他们认为自己是全然无辜的，反正不是环境对不起他，就是命运对不起他，再不就是周围的人负他，谁要是和他共同参与一件事，谁就必然是责任方，就得承受他血泪斑斑的控诉和铮铮的仇视，这真让人疲劳，我讨厌舍不得分析自己的人。对我而言，自知简直是一种至高的道德。

如果用两个意象来定位这本书，我想那就是：密室和镜，前者意味着封闭、高度个人化的空间；后者则是直白、探视的光源及事实的成形。这两个词在本书中达成了和解——心之密室，犹在镜中。6岁的时候，伯格曼立志要做个伪君子，如果他不写这本书，我看他几乎就成功了。

来记点费里尼的笔记。费里尼？对了，就是那个意大利鬼才导演。先说关键词吧，第一个是"家乡"：居移气，养移体，不一样的地脉自能养育出不一样的人文——费里尼来自里米尼，那是亚平宁山脉掩映下的一个小村落，彼时完全没有被工业文明催熟过，一入夜则进入中世纪般昏黑闷重的静谧。海水暗中澎湃，大雾抹杀一切，渔火勾勒出湮远的海岸线，没有电视，电影院在好几里之外，歌剧院常年歇业。文化生活可谓是寸草不生。

精神上没有营养源就算了，偏偏费里尼的成长期，是在20世纪30年代末40年代初，也就是二战法西斯当政的年代，全民备战，美化武功，神化"战争""英雄主义"，这些词连同"政治""纲领""集团""结社""政党"在内，后来都成了费里尼词库里的贬义词、冷感词。他的爸爸被法西斯暴徒暴打过，他自己则差点被校长踢断脊椎，他反抗的方式是非常苍白和微弱的，比如集会时故意依次漏穿制服中的一件，这次是长筒靴，下次是无边帽，直到他发现自己会无师自通地画漫画，他用孩童漫画式的变形，去反抗周遭的成年人：修女长着气球般的、沉甸甸的乳房，坏老师长着匹诺曹式的大鼻子。后来他的导演思路也是靠漫画阐释的，他先画出他想象中的人物，然后才和服装、美工、技术人员开始围绕这个人物周围的空白地带设计场景和故事，我看他的电影，老有种与现实错位的失重感，不晓得是不是缘于此。

他让我想起少年鲁迅，后者小时候常常被一个叫八斤的大孩子欺负，一是体力上处于劣势，二是家教森然，鲁迅满腔激愤。有一天，鲁迅的爹巡检孩子的房间，结果在床垫下面发现一沓漫画，上面草草画了一个秃头小人，身边放利箭一支，上书"射死八斤"。鲁迅后半生的口诛笔伐，我看也就是在"射死八斤"的延长线上。我觉得鲁迅的处女作既不是《狂人日记》，也不是他在东京的译作，而是"射死八斤"。一个孱弱又偏激的孩子，根据抗暴的途径不同，或是诉诸笔墨，或是隐身声色，分别成为作家、漫画家、电影导演，等等。鲁迅成了前者，而费里尼成了后者。

到底是什么让这个见了生人都会脸红的孩子，成了挂着三个麦克风、五个口哨，手执导演筒，在黑压压的人头之上，指挥千军万马的大导演呢？可能是因为他太会说故事了，费里尼此人，如果非要用一个词形容他的话，我觉得是"说谎者"，他存活于这个冷硬世界的方式，就是活在虚拟层面上。他说的第一句话是正史，第二句肯定就是戏说，第三句肯定就是大话。他的叙事技术我看比大多数小说家都强，就像日本时尚设计师高田贤三能把一块光滑的布料平摊在人体上直接裁衣一样，费里尼说故事也是过场圆熟，毫无接缝，浑然天成。他说故事的笔法，就是把这个人物描述成他自己的漫画，寥寥数笔，择其凸凹，放大得当，神采即出。

费里尼的第二个关键词是"母性"。说起来意大利是个盛产母性图腾的国度：比如文艺复兴的圣母像，战时的"罗马妈妈"、烈女之类，但是在费里尼的字典里，"母亲"是缺席的。他几乎从未提及过这个女人，他常常用的词是"母性"。而代言母性的居然是"妓女"！母亲生养我们，哺育我们，而妓女则是青春期最初的性启蒙者，从这个意义上来说，母亲和妓女对他同样是恩同再造——嘿嘿，别嘘我，我只是在贴紧费里尼的思维曲线。

他总是温情脉脉地回忆着那些妓女，有一个叫"小金鱼"的，因为只要给她几条鱼就能与她鱼水共欢。甚至对孩子她也平视，一毛钱可以看屁股，两毛钱加上性感的扭摆动作，四毛钱是下身，她母式的丰盈身材、温驯的迎合、无垠的兽性、催人泪下的甜蜜爱抚，对一个生活在闭塞乡间的清教徒家庭、每周一次要去教堂高声忏悔涤清罪恶的孩子、一个在话语高压的骗局中长大的孩子，肉欲也许是唯一诚实的东西。

费里尼总让我想起《西西里的美丽传说》里的那个孩子，也是战时的意大利，也是一个孱弱白皙、肋骨森森、在夏天从不敢穿泳衣的胆怯孩子；也有在乱世里靠出卖肉体为生的堕落女性，用她熟而微醺的、热带水果般的肉体，滋养着一个被神父、教堂、清教徒家庭、制式教育压扁的，饥渴于性和生活的小男孩。费里尼和那个小男孩一样，躲在建筑物的阴影里，等着那些成年女人做完弥撒出来——哈哈，看，她们一窝蜂出来了！自行车坐垫上、横杠上、后座上……四面八方，全意大利最漂亮的屁股像鲜花一样盛开，一直开到了几十年后费里尼的电影里。镜头的角落里都充满了巨大、丰美的女体，像饥饿之后的过度饱食。

我写每一个人的时候其实都在思考：这个人，他得以成立的枢纽是什么？我找到了费里尼的枢纽，他像所有骗局中长大的孩子一样，走到对立面去，彻底成为怀疑论者，像中国的王小波、王朔也是同理，用近乎无厘头的黑色幽默，在废墟上艰难地重建。他嗤笑中产阶级华丽的无知，"他们在城堡里养了1000只羊，然后雇了农民来数它，哈哈"，他嗤笑宗教的救赎骗局，因此费里尼的名字，曾经被贴上教堂的大字报。他镜头里的世界，活像马戏团：混乱，无序，颠倒一切。啊，差点忘了费里尼词库里的枢纽词汇：马戏小丑。

是什么拯救了这个痛恨身体暴力、敌视战争和流血的孩子？啊，是马戏小丑。这是费里尼褒义词单上的头牌。他关于马戏团最初的记忆是一个神奇的早晨，像是天外神秘飞行物一样，一个五彩缤纷的马戏团帐篷，降落在这个孩子的家门口。他第一次走进那潮湿沉静又生机盎然的所在时，内心便涌起山鸣谷应般的大回响，圆拱棚下的火圈，马匹在绕场时的嘶叫，训练员的"嘶嘶"的口哨声，啊，还有马戏小丑，小丑们用湿漉漉的大眼睛看着他，使他觉得自己是他们中的一分子。

也许这是他选择导演工作的隐性理由，马戏团生活和导演工作很有相通之处：一些不同背景的人，技术人员、美工、演员、灯光、化装，组成一个临时的团体，过流动性的、轮子上的生活。每天附着在不同的外景上表演，争吵，纠纷，协调，漫无秩序，缓慢地朝着一个目标进发，最后奇迹般地实现了预期。如果要他选择一个最看重的品质，他会说是"天真"，而只有在未经智性催熟的孩子、弱智者、马戏小丑、妓女、底层的蒙昧大众身上，天真才得以保存，这也是他片中投以善意目光的人群。他自己，始终固执地不愿意长大，17岁以后每当别人问他的年纪，他都目光迷离地说"不记得了"。哈哈，多么无辜的谎言。

黑泽明：

舌头的力量

我在看的书是黑泽明的自传《蛤蟆的油》。"蛤蟆的油"是个日本民间传说：蛤蟆被抓到镜子前，审视自己从未见过的丑模样，暴吓出一身油来，这毒油可以治病疗伤。黑泽明的寓意大概是：抚今追昔，对自己的性格加以盘点和清算，顺势梳理一下成因和肌理，借以自观，并以示来人。文字静而无波，琐细中见趣味，有点日式随笔《枕草子》的遗韵。不重在叙事的掌中物，而在于把玩的手势。平直来去的小句子，几个扎成一束，一件事就成形了。这种温情余波的软笔法，最适合写童年回忆录和旧日风情图，所以我觉得，本书最可观的是前两章。

黑泽明是画家出身的导演，他的回忆录，哦，不对，是他的回忆本身，就可以直接入画。开篇有点像在读达利和布努埃尔，都是由极幼年的画面顺势切入（达利是出生前，呵呵，那是超现实画家的戏笔了）。黑泽明的1岁：在澡盆中徜徉戏水，煤油灯在头顶灼灼照人，从水中滑出的润滑质感，非常水淋淋的鲜活回忆，一点都不像被压扁、失去真气的干花，光、影、色、形都还原得非常到位。有一种说法，我模糊地记得是：一个人的智力的某个衡量系数，就是看他的童年溯源能力，记忆的起点越早，细节对焦越清晰，这个人的智力就越高。这个，不知道可不可以用在黑泽明身上。

黑泽明是一个神经非常纤细的小孩，这根神经纤细到什么地步？稍微强烈的视觉冲击，都可以把它弹拨出一个很大的动静，比如，看到火车道上被横轧过的一只白狗，可以让他30年不敢吃带血的生鱼片。可是，这根纤细的神经，却有极强的韧性：这个腕力幼弱、连俯卧撑都做不了的小男孩，为了锻炼自己的体魄，却能在每天天还没亮的时候就出门（冬日结霜时尤如此），踩着木屐，跋涉数个小时，在没有取暖设备的道场里，穿着单薄的道服，和体力数倍于他的剑客对阵。数年如一日，不论寒暑，从不间断。

但是在这个人的坚韧里，我觉得有种女式的东西。怎么说呢？他是家中的幼子，自幼的玩伴就是三个姐姐，手边的玩具就是沙包和小玩偶，他本来就是在一个阴性的氛围中长大的。这个我拿他的小哥哥和他对比一下，可以高效地析出两人坚韧的不同质感。他们有类似的性格配置，比如：同样不臣服于大正年间刻板高压的制式教育，哥哥的反抗是退学，他却是恭谨如昔；同样都害怕血色惨境，比如大地震和火灾，都本能地心生寒气，哥哥的御寒术是近距离观摩事发场景、尸体丛生的惨地，而他却是躲进绿意尚存的小森林，做深呼吸；同样是理念上有洁癖的人，在战时的萧条颓靡中，哥哥在27岁的盛年自杀了，因为觉得人生不过是坟墓上的空舞，他又是个行动一定要恪行于理论的清洁之人，黑泽明却活下来了。濡润的东西，没有和外界对抗的消耗，有时反而会保留更大的弹性和韧性。保留更多的趋光性、更多的松弛心境，去欣赏云朵掠过边城，花儿依序开放，鸟声渐次响起，山野间炊烟飘散。这两个人，真像牙齿和舌头的故事。

有时一个人的成长，会在身体语言上落下痕迹。看纪德小时候的照片，俯在他妈妈膝盖上，眼角垂落，非常忧郁。少年时的照片，是视线故意错开镜头，投向湮远的地平线，成年以后，视角才突然开始直逼镜头，嘴角紧闭成一道刀锋般的薄与利，随时准备发难的样子。那时候他那个专制的妈妈已经过世了，他的隐性自我才得以释放，跃出黑暗的水面。

传记的开场像老电影，摄像机平稳而缓慢地拉出一个镜头，一个5岁的孩子在阳台上放纸龙。风很大，阳台很高，纸龙被风吹走了，越过卢森堡公园郁郁沉沉的树顶，越过冬日静而无波的湖面，远了，更远了……有点发黄的、隐隐的焦虑和惘然，又被孩子的清新世界观给缓解了，这个复合底色，就是这本传记的基色。

他一辈子都没有离开过这个童稚的阳台，是的，我确定他没有介入过生活，他是个出色的旁观者。他并不冷血，事实上他很有同情心，当他去参观贫民窟、窑子、矿井时，缺边的盘子端出来的粗糙饭食，接客接得子宫脱垂的烟花女，内衣也要合穿的穷人家的女孩子，会让他流眼泪，就像北非的风笛、壮美的日落、肌肤嫩滑的阿拉伯美少年……一切振幅大于日常生活的戏剧化情节，都会让他落泪一样。事不关己的贫穷对他来说，也就是一种异国风情。

不，我没有任何谴责他的意思，相反，如果我夸大了他的同情心，把它等同于爱，那我就是把他从那个时代上拔脱了。任何一个人的认知高度都不可能不根植于他的时代，在纪德的时代，有很多穷人家的女孩子守在夜色下的村口，等着和一个陌生人性交，这样她们就有机会怀孕，然后生产，然后把孩子抛到育婴堂，自己去做贵族家的奶妈——奶妈的地位高于一般的仆佣。而这种惨事，大家都觉得理所当然，参照一下那个年代对贫穷和非人道的默认值，纪德盛大的同情心也就约等于爱吧。

纪德的自传，老实说，我读的时候是很警觉的，不出20页就能看出：这是个非常神经质的、乐于把玩自我的人。这种神经末端特别纤细的人，都会把小事放大，他提供的信息，我并不是完全信任，必须重新压缩、识别和整合处理，后来又找了克洛德·马丹的《纪德》和皮埃尔·勒巴普的《纪德传》来看，发现它们也就是从这本自传中衍生出的资料，虽然译笔要平顺服帖很多。然而人真是有适应力的，诸如这种"我对他，不理解非常深，不妥协非常剧烈"的句子，句式都不平顺的译笔，几页纸后我也只好妥协了。纪德非常乐于把玩的一个情结是：他的双重根系，以及由此而生的失根感。他父母分别是新教徒和天主教徒，来自不同的省份，他出生于11月22日，天蝎宫和射手宫的交接处，纪德用此解释自己性格分裂的成因。对此我不能苟同，我觉得他的分裂更多源于他的神经症，而不是这种神秘化的超验背景。

他体内也有个隐性自我，他把这个隐性自我叫作"第二现实"，他这个隐性自我的发育期约莫始于他10岁时，比容格略晚一点，容格的隐性自我的出现是在6岁前后，他成年后把它命名为"第二人格"。这也是容格精神分析体系中的一个重要术语。这个隐性自我在书的开端就露面了，纪德小时候的玩伴是个门房的儿子，他们带着玩具躲在一张铺了桌布的大桌子下面，把玩具摇得噼啪响，哈哈，不是调皮，是为了掩人耳目，他们在做什么呢？他们在各自手淫。那时纪德只有5岁，这是他到老都记得的、生命原初的快乐。

这本自传也是一个人和隐性自我的战斗史。他的第一自我，是个清教徒家庭出身、对一切都没有自主性的社会人，包括买什么颜色和质地的衣服，去哪里旅行，甚至读一本诗集，都得被他妈妈审核过。这个社会秩序的代言人，也就是他第一人格的管理者，就是他妈妈。他妈妈很专制吗？从表象看是这样，在我看来她不过是个自我太单薄以至于沦为介质的可怜人，她从不敢独奏钢琴，虽然她弹得很好，她也不敢不参照评论就去看一部戏，她从不看原创作品，她只看评论，一句话：她必须让自己的声音被主流社会溶解。她的从属性使她总想依赖什么，丈夫是个深锁书房的、躲在人群背后的书生，并不是乔木属，她的安全感是和主流社会同步同振同底色，她不敢让儿子吃穿用住有任何超出这个平均数的地方，我想，其实这是她保护他的方式。如果纪德的第一自我和第二自我的糅合力强一点，那么他可以活成"外圆内方"型的社会人。

可是纪德的敏感系数远远高于一般的孩子，小时候，这个第二自我加厚了他日常生活的厚度，使他成为一个耽于幻想的孩子，并帮助他抵御第一自我受挫时的伤害。容格也是一样的，他6岁的时候，给自己雕刻了一个木头小人，给这个小人做了件羊毛小衣服，把它放在铅笔盒里，藏在阁楼上，每天给这个小人写小纸条，把自己的心事都告诉这个小人，这样他就觉得不孤单了。在被老师批评懒惰、邋遢、蠢笨时，他想到阁楼上的小人，就觉得这个秘密让他有了抵御这一切攻讦的勇气了。"你这个蠢货，你看到的，不过是我的局部。"容格的自省机制比纪德更发达，15岁的他想，我家这么穷，我要考个好大学，我应该努力适应社会，多多赚钱，我该开始着手第一自我的整修重建过程。

而纪德呢，他一直在挣扎，力图回归正常的性取向、生活方式，直到他的第二自我在充分的雨露下发育了：11岁时他死了父亲，他的体质让他无法上学，于是开始游学生涯，置身于文艺圈子里的自由散淡空气中；母亲在他25岁时也去世了，他继承了大笔的家产，他无须为了谋生而折损自己、屈从于别人的意志。他的第一自我在巴黎社交圈中疲惫不堪，他尽可以找个空气新鲜的山涧，度几个月假来缓解，写两本卖不出去的书，让隐性自我在书里释放一下。

他的隐性自我是：热爱文学，同性恋，对女人的肉体无反应，对母亲的死无动于衷，看一场《茶花女》倒会震恸一场。就像因为肾炎而禁盐的人一样，在母亲管理下的清教徒生活，使他的隐性自我只对调味丰富的戏剧化事件孜孜以求且反应剧烈。他还高度的精神化，他爱一个女人的佐证就是：他会立刻阳痿，因为他觉得她们是不可侵犯的，甚至他的同性恋爱，也只能止于孩童式的、最轻微的爱抚，而不能掺杂剧烈的身体冲撞和动作。他的第一自我是精神阳痿的，第二自我像蝴蝶的翅膀，精美，细腻，脆弱，振幅大，禁不起揉搓。

坏孩子

波洛克：

前两天看吉菲写的吉皮乌斯（俄罗斯"白银时代"的女诗人），今天又看吉皮乌斯写波洛克。真好玩，被回忆的人，转身又去回忆别人。更好玩的是，吉皮乌斯写："波洛克，你不可以转述他的任何一句话，如果你明白这一点，你就会明白波洛克。"

我就努力去明白这一点，咖啡喝了一半去续水，因为想着波洛克的缘故，下意识地在那里放糖，结果多到溶解不了，纷纷扬扬，像下雪，最后淤积在杯底。就像某些饰语过重的文章一样，败味，我想，所以我开始喜欢一些更简单的人和字，素面朝天地喜乐着，或是哀哀地哭，都是原味的。小小的、细碎的生活之花，在那里自开自落，不是嫁枝，也不是朽木上雕花。吉皮乌斯的文字是什么？苦咖啡吧，原味的硬线条——她没有善意，也不回避什么。

吉皮乌斯——我既是诗盲，也就不去评论她的职业技术了，看过吉皮乌斯的传记，她的好友吉菲写的，有几处小特写，很传神，她形容吉皮乌斯是"白色恐怖"，常常穿男装、奇装异服上街（估计她也是表现欲超强的女人），穿晚礼服时干脆在身后装一双翅膀！冬天天冷，把所有的大小皮草都套在身上，还和男人讨香烟抽，从皮草袖子里伸出鸡爪一样的手，就像食蚁兽的舌头一样。

她的女伴穷得住不起有暖气的屋子，她一大早跑过去，告诉人家她的大别墅阳光多么好，她就在别墅里，一个一个房间地走过去，循着阳光，因为她有的是空房间。而她的女伴呢，眼巴巴地看着她，鞋子漂在卧室的积水上，结了冰——她是个非常残酷的女人——由此我信任她写的传记，刻毒的人往往可以写出近身的、贴近本人的东西，出于善意的宽松线条往往使人轮廓模糊——这个女伴就是写这篇文章的吉菲。之所以我相信她写的吉皮乌斯，比任何一个她的崇拜者都写得好，就是因为她对吉的立场是爱恨混杂的。吉皮乌斯喜欢戏弄别人，以树敌为乐，这当然是最高效的凸现自己的方式。她从未流露过温柔的碎屑。只是她临死前写了一首诗——"通了电的电灯线啊，光明是它们最温柔的坟墓"——冷冽之中，倒是有点温柔的纤维。

再说回波洛克。吉皮乌斯用一个"窄"字去形容他。脸是窄的，身体是窄的，动作是窄的，声音是窄的——想象着这样的声音吧，像是从深井里发出来的，带着井壁的凉意，像我笔下的春来。每一个词都是艰难地发声，超载、负重过度的，然而这样一个男人，给人的感觉却是童稚的。

我就在努力理解他这种双重性。我还是很难具体化这个人：他说的每句话都有不可言说性，但是并没有哲学的外壳。他给人挫折感，因为他的语言没有清晰度。但是有一种东西挽救了他，使他显得不那么可怕，那就是他的不设防。他对所有的人，对生死，对女人，对命运，都是没有设防的。而且，悲剧的是，作为孩子气的另外一面，他没有责任心。更悲哀的是，这恰恰是他魅力的来源。

吉皮乌斯说，"我实在不知道，他是以哪种方式切入生活的"。好像波洛克本人，对生活是很冷淡的，他从来不谈论自己的衣食之类的事，想来他也根本不关心这些。他一直在生活的外围打转，我想是那样的，生活的附近，那样。他写完他的美妇人系列时，吉皮乌斯指着其中的诗句"清晨……美妇人的初影"，壮起胆问他："这个……女人……其实是不存在的，是吧？"他坦然地回答："那当然。"

最精彩的是吉皮乌斯把他和别雷平行比较的那一段。两人初看之下反差极大：一个是在语言上、动作上处处俭省，另一个则是挥臂劈手、满蓄风雷；一个是暗调子的黑发黑肤，另一个则是浅发浅肤，色彩明快；一个对什么都模糊，一个是明白得过了头……一个是天才，另外一个是被天才火花时不时击中的人。

然后笔锋一转，在这两人之间，也有惊人的重叠处，那就是他们的孩子气。他们都没有经历过成熟期：一个是寡言少语、安静的孩子，一个是调皮捣蛋的坏孩子。这个是博学或性格的阴沉，都无法战胜的。他妻子生孩子的时候，他大概也意识到这是自己一个成长的机会，所以欣喜又胆战心惊地等待着，结果那个孩子死了。可怜的波洛克，唯一一次被救赎的机会，就这么溜走了。

青春荷尔蒙
与狂飙时代

鲍勃·迪伦，20世纪60年代的民谣歌手，行吟诗人，打出这几个词，我就觉得自己应该对此人保持缄默。因为我对民谣实在是概念模糊，约莫知道是一种叙事性歌曲，不比纯粹的情歌那样干瘪，仅此而已。对诗我则是百分百的诗盲。而我相信，一个歌手的浓烈精神指数，一定是溶解在他的歌曲里的，就像一个演员的肢体语言，一定大于千言万语一样。

前一阵子看乌兰诺娃传记，有一张照片是她肃立在雪意沉沉的窗口前的背影。后来看传记里写这个女人身上有股子安静的力量，她从不与任何人发生情绪上的对抗，受到羞辱的时候，也只是默默地转过身去，等她再转过脸的时候，表情如旧，你连一个情绪的接缝都看不到。能用沉默来表达愤怒的人，她骨子里承重的优雅，全溶解在那张背影的照片里了。画传一般都是垃圾信息的杂烩，但是看演员的资料一定要看画传，就像赫本的一张笑到露出智齿、毫无杂质的照片，比一万句"上帝给你两只手，是为了让你腾出一只来照顾别人"都更加直指人心。

迪伦的照片倒是看过的，太文青了，眼睛里有湿漉漉的诗情。声音也听过，奇异的向上浮的声音，好像要背弃时代似的。看他的传记，倒让我安心不少。眼睛里的那水，全给挤出了，行文非常干爽。我想激起我兴趣的，也许是这个人背后代表的年代。他出生在1941年，欧洲战场上正打得如火如荼，混乱像拳头一样把每个人的世界观都击打得粉碎。好像星座会影响一个人的一生一样，那个时代出生的人，一辈子都活在新旧时代的接缝处，被吞吐着。1951年，他上小学，和数学、语文并列的课程是防空，上学的第一件事就是练习在听到警报的时候躲在桌子下面。苏联空军随时会从天而降，怀着嗜血的杀性割断他们的小脖子。20世纪60年代他们搞学生运动，在街上筑起石头碉堡，满目皆是爆炸的街道，燃烧的怒火，催泪瓦斯，无拘束性爱，反金钱运动，原始公社，学生试图控制国立大学，反战，等等。

好玩的是，鲍勃本身作为一个浸润在这个时代中的人，却是个边缘清晰的自我主义者。一个人在青春和热血之中，最大角度地切入时代，又在被压缩成一个文化符号之后，重新把自己撕扯下来。在这本17万字的传记中，温文克己的鲍勃只说了一句脏话，就是在被别人称作"60年代人的良心"的时候。他算是个政治敏感、阅世心活跃、与时共振的人，他连写歌都是在报纸上找题材。他并不是个对时事冷淡的人，可是他时时与之保持距离。"等找到真相后，我就一屁股坐在上面，把它压垮。"

《像一块滚石》之后，国内又引进了《放任自流的时光》，苏西·罗托洛写的，苏西是鲍勃20岁时的女友，在17岁的她的眼中，鲍勃已经是魅力四射。"不管我站在哪里，环顾四周，总能看到鲍勃就在不远处。虽然顽皮、随和，但举手投足间散发出强烈的气场，让人想不注意都难。"苏西本人也是个艺术家，但是和《尼金斯基手记》那种思路跳接过多的书相比，这本书线索清晰，信息落点准确，不蔓不枝，不偏不倚，淡定沉着。苏西写的回忆录，让我想起塞林格女友那本，看似是事关名人的八卦书，其实涵盖面不止如此。塞女友那本是个犹太少女的心灵成长史，而鲍勃女友的可以远观格林尼治村成为摇滚基地的发展史，以及60年代的美苏冷战氛围。看书时要深呼吸，两个叛逆年轻人恋爱中荷尔蒙满溢的青春体味，以及狂飙的时代气息。苏西是个安静爱思考的女孩，鲍勃则活跃多变，他们最后的分手理由其实也非常简单，就是女方更喜欢沉浸于独自工作的喜悦之中，而男方天生就是做明星的料子，要在舞台上闪闪发光。女方会被尖叫的粉丝吓坏，而男方则很清楚怎么在追捧中划出边界，得到支持又不失自我。

他更喜欢做回他自己，他是个顽强的自我主义者。这就是我爱迪伦的地方，也只有一个自我主义者，才会这样行文，我喜欢他文字中那种不软不硬的交流欲——他既不是站在理论和道德制高点上，带着真理在握的悍然表情，硬要撬开别人的小脑袋把道理塞进去的那种粗暴；也不是像《亨利与琼》那样一味喃喃自语，完全不顾读者阅读节奏的自私写法；也不是步步煽情，意在渗透，他就是淡淡地表达他自己，像画简笔画似的，解释是件太无聊的事，我才不屑把自己交代得那么清楚。

你懂多少，那是你的事，反正我就这么大耐心了。

他让我想起契诃夫，后者是地摊杂志作者出身，彼时地摊杂志约稿时都要规定行数，120行，100行，也就是说，在动笔的时候，就已经进入了倒计时。这种倒计时训练，练就了契诃夫的短时爆发力，让他可以在10句话里处理完一个人的全貌。而迪伦呢？可能是他长期写民谣的缘故，所以他的文字压缩力很强，能在几句话之内就交代完一件事，"这是一个书的洞穴，而到目前为止我都是在另外一个文化谱系里成长：白兰度、迪恩、梦露……而这些名字在这些书面前都成了笑话"。只有三个层次，却把一个小镇孩子到了纽约初见压顶书海的骇人阵势时所受到的震撼描述得非常到位。非常漂亮的跳接动作，文字连接缝口都找不到，让我想起说故事时的费里尼。

也只有一个自我顽强的人，才会尊重和懂得爱护另外一个同样质地的人。他和他妻子出去吃饭，让妻子点菜，后者拿过菜单径直就点，"她不是那种认为别人快乐自己就快乐的人，她懂得自己内在的快乐，这是我一直喜欢她的地方"。也只有这样的太太，才会在迪伦出现情绪波动的时候第一时间就看出来，默默准备好和他一起离开。

他让我觉得是那种带着内心地图的人，怎么说呢？就是懂得在两点之间画出直线的人，所以18岁时，他就离开家，离开那个中西部小镇，离开冬天零下20摄氏度的苦寒、夏天隔着靴子都能咬人的大花脚蚊子，离开看一场电影都要全家盛大出动的困窘，离开所有人际关系都平面铺展在目下的小镇交际网，奔向大城市、大声音、大动静，他背着吉他，推开一家又一家咖啡馆的大门，径直寻找与他相像的人。存够了钱他就去纽约。小酒馆里，酒气，恶臭的体味，帽子传来传去接小费的生活不过是过渡，他很清楚自己要什么，外界喧嚣的声音模糊不了他的视线，他腿脚利落地奔向下一个目标——那些他在唱片上见到过的名字，一个，两个，三个。"你愿意为我的酒吧做看门人吗？"其中的一个问他。"不，不过我可以为你演奏。"20岁时，他签约哥伦比亚唱片公司，之后的事大家都知道了。

冬日的预想

江浙最难挨的日子到了。雨雪湿冷，冬衣变得硬冷似铁甲，冬季街头的行人，表情都被冻得漠然。江浙素来有春秋佳景、夏酷暑和冬严寒，天气变化多。我常常想，这里出了那么多文人画家，是否和这四季多变的天气相关？因其季候感强烈，景观丰富，格外刺激感受力，人不会被一马平川的四季如春搞得钝乏——气温变化会带来心理上的起伏，在极寒地带，冬天来袭的紧张感，从入冬之前就开始了。阿拉斯加的夏秋转瞬即逝，艳红的秋叶只能维持一天。小鸟四处找蓝莓吃，准备南渡，灰熊拼命储备过冬脂肪。谁又能比它们更清晰地看到时间的刻度呢？

在手机相册里，翻到一张春天拍的玉兰树，我站在水边，踩着半软的河泥，仰着脸拍它，像日本画一样对比鲜明的色彩，密密匝匝的枝叶挡住了天空，可是花瓣的颜色却照亮了空间。这棵树很凡·高——凡·高是最能把树画出感情的画家之一，那些几乎是喷射的笔速画出亢奋的、焦虑的、宁静的树。

荷兰北部秋日的树林，褐黄的树叶衬

着银蓝的天，那是盛在银瓶里的秋水长天，在耳边摇晃出秋之脆声。赭色的植被，几乎让人闻到秋天清新的空气；悲泣的孤女，身边一棵被暴雨拔起的树，那狰狞的树瘤，简直是命运诅咒的恶相；还有，每次经过我们小区那些被暴力砍伐的树尸时，我都会想起凡·高笔下的"截头柳"，那些被截去头部，在身躯上顽强长出零星枝叶的树。同时，像是某种情感代偿，他笔下的果树和春花，又是那么生意满满，慰藉了我。春天里，走在开得密不透风的东京樱花下，我常常觉得是在仰面翻一本凡·高。

而这些草木欣欣的春日风景，到了冬天，霜月满地、雪意未成时，就变身为一幅中国水墨画。我和皮皮去东郊山脚散步，眼前俨然一幅寒山淡日的云林画境。枝叶落光的瑟瑟冬树，简洁如速写，比起花枝遮蔽的春夏，更多了几分纵深的空间感。如果说春天的树如画可观，那么冬天的树，就是邀请你，走向它的深处、走向它背后的苍茫天穹之中，去更深地理解它和它意味的一切。

立在水岸边，看灰喜鹊在挂着黄果的楝树上飞起落下，默念一首玛丽·奥利弗吧。

你一定无法想象
它们只是站在那里，
爱着每一刻，

爱着鸟或者虚空，

黑暗的年轮缓慢而无声地增长，

除了风的拜访，

一切毫无变化，

只是沉浸于它自己的心境，

你一定无法想象

那样的忍耐和幸福。

谁说中国画境不能用西方的诗心来诠释呢？寂寂无言的冬心，都是一样的。

慢慢走进树、山、天地、冬天……即使是冬天，也是层层递进的。

初冬，地气未冻，暖阳尚在，终于等到了预订许久的新年历，拆下旧历换新历，簇新的一年在前方等着我；订的单瓣水仙也到了，用眉钳夹去枯壳死皮，细细理好，泡过矮健素，放进水盂，静待抽叶开花；哼哼唧唧的旧空调，终于被我狠心弃之，新空调即将放暖；天气好，正好晒新灌的香肠；散步时，遇到也在山石上盘成一团晒太阳的野猫，喂它随身带的猫粮，它渐渐和我混熟了，不再把食物拖到远处吃。

去南博看宋韵展，宋代复古风盛行，所以，这次展出的也有作为礼器的青铜器，但我仍爱瓷器。莲花钮、菊纹执壶、牡丹纹香炉、梅瓶、葵口碗。花枝、花形、花名纷纷入眼，最喜的，还是定窑浅刻花白盘的淡泊。万花争艳中，一个米白敞口盘，简静安宁，默立于角落，正是"人间有味是清欢"。在南博店里，买了一个描着梅花的小花瓶，发现它上面写着"花钵"，这种事也会让我高兴。"花钵"这精致的用词，比草草应付的"花瓶"，更让我的文学神经愉悦，就像经过了一个巷名很好听的小路，那种无意得之的欢愉。回家时，路过小时候上过的幼儿园，想着要不要去吃一碗长鱼面，太阳正好，恩施着世间万物。

而我爱这平淡的每一日。

再往冬天的深处走，冬寒料峭，冷雨开始下，一只手得留给雨伞，另外一只手只能捧一本轻书了，顺手把手边最轻盈的那本放在包里。诗感的散文集，小小一本，在冬日街头，高德地图上显示车还有十分钟才来，正好可以看几页书，从暖和的羽绒服口袋里，抽出一只手捧着读，字句如诗，又如歌词，读着读着就想唱。正好看到作者写她临出门前，为旅途中要带什么书而踌躇的章节，如此应景，简直是书与现实成了互文，于是，我就笑起来，我看见自己口中哈出的热气……如果它们凝结的话，会是诗的露珠吗？

冷到无法散步时，那就在家看画册吧。桌上摊着霍克尼，上面是满窗的大海和形如拍掌的梨树，因为疫情，他只能在农庄里工作，大家都在忍着不能出门的"旅行戒断反应"，而他说："反正我们在这儿与世隔绝，我不用走很远就能找到很多有趣的树木。我此刻正在画冬天的树……我会尽我本能地去画树……我会一次又一次地再去画。"他画晨光熹微中初醒时的窗外，画五点一刻的天亮，画比伦敦早开一个月的此地山楂树，他活在自己的时间密度里，瞬息不止。八十多岁的老人了，新鲜如同初生儿，这时时更新内存的人生，让我羡慕，那我也一遍接一遍地看树吧。

渐近年关，空气里，四处弥漫着年感：快递即将停运，大家抓紧囤积物资、寄年礼；公车里渐多拖着旅行箱的人；有的店面已经关门了，街上的人日益变得稀落，桌椅架起的歇业饭店里，工友聚在最后的桌边，推杯换盏吃着散伙饭。本来是平直的昨天、今天、明天，生生被"年"断了句，落墨成《岁时记》，摊开手心，就可以看见时光如流沙泻下。

连日天色阴郁，气象台不停发布黄色暴雪预告，初雪即将落下。大雪将一切景物归零。万物凋敝、人散尽的冬天，也让人省悟——雪天最适合看《红楼梦》及关于它的种种延伸读物。《红楼梦大辞典》，七百多页，存在手机里，办事排队、陪读候车时，时不时读两页，今天研究个"梅花填漆几"，明天弄懂个"倒垂荷叶灯"，过几天再倒腾清楚几首酒令词牌，日子由此过得十分有趣——并非格物，而是在具体物事中自带风俗、民情、活生生的世故。不只是考据书，包括优质科普书、自然文学、天文物理书，虽然没有谈情说爱，却自有情味，万物有情的情。

而一切的物质、情感堆积，是为了通向虚无之后的彻悟，《红楼梦日历》每年都出一本，主题不一，比如《红楼梦》的

"植物""色彩""茶事""中医""岁时""建筑"，等等，这么掘井而不怕枯涸，当然因为《红楼梦》是个物质文化大宝库，大繁华才能大幻灭，繁花着锦之后，才见白茫茫大地真干净，没有万丈红尘哪来无一物？这也是以实抵达虚的路子。

又如过云楼的两个藏书章，一个是"足吾所好，玩而老焉"，另外一个则是"过眼云烟"。一起一伏，一收一散。我想起在苏州博物馆看过云楼藏品展时，从发黄的宋版书上抬起倦眼，明式花窗外，那株明黄蜡梅开得正好。古书对新梅，那一瞬间，万事都是云烟了。

真想开了，倒退一步，忽觉天地开阔。就像落笔"死亡"的《入殓师》，以怀孕的妻子在春日花园浇花来收尾一样。冬天怀抱的，正是春天将要到来的生命。又或许，冬天给人的最大馈赠，就是对春天的预想。

一月中旬的某天，突然升温，太阳很暖和，我就去湖边，走着走着，就看到亭亭玉立的杉树林，变成了优雅的铁锈红，背树后掠过几丝暮冬的温柔云絮——冬日的树之美，有一个视觉要素就是：树垂直的线条感，和天上几抹横向的云，成为直角结构，这简洁优美的几何构图，我永远也看不厌，即使我明知它会逝去。我心里很笃定，我知道，待这金红色褪去，在杉林脚下，春天曾有，也很快会有成片的二月兰。我还知道，当四月到来时，湖边的空气会格外明净，在杨柳眉目青青的湖畔，和山水渺茫的交界处，连绵的黄苍蒲会依水而开，像一个晨雾中的启程。

离开的千种姿态

有些人永远在路上，有些人永远在离开，有些人永远想定居。我想这组词里的一个，就足够覆盖其他——没有一个定居的点，又谈何自由地辐射呢？博尔赫斯定居的这个点非常简单，那就是他的盲、他的孱弱、他的胆怯、他的残障，这些截断了他的社交半径的东西。幼年时他只敢躲在花园的铁栅栏后，看轰轰的游行人群从他面前走过，或是在妈妈的身后，把窗帘掀起一角，看妓女们在街角讨价还价。

可是他的身体里却流着勇士的血，他的先祖里，有好几位战死沙场的将军。在他家隔开路人视线的重重窗纱后面，日影沉沉的小客厅里，角落里是祖先战死时所穿的盔甲、生锈的佩剑、镶着黑丝绒镜框的银版照片。他们在肉身缺席的冷寂中成就了自己的历史展览馆，主持人和解说员则是博尔赫斯的妈妈。她一边拂拭镜框，一边用西班牙语给儿子讲解祖先的英烈事迹。

如此沉重的光荣史，对这个先天孱弱、半辈子处于半失明状态、根本就无力去成就戎马生涯的孩子而言，又何尝不是一个要离开的理由？他离开的方式也很简单，他从小鄙夷西班牙语及其代表的次主流文化，他是被抱在奶奶膝盖上、看着英语幼儿画报长大的。当时的风气是：所有的阿根廷人，都不屑于说自己是西班牙人的后代，西班牙裔往往是底层人：体力劳动者、妓女、流氓……受英式教育的才是绅士，他在潜意识里，把母亲的尚武风气夸张变形为：无知，狭隘，偏见，非知性的蛮力，予以鄙夷和唾弃。那么他离开了吗？我看没有，他在小说里沉迷于塑造的那些热血男儿：玫瑰角的汉子，恶人传里的那些恶徒——其实是博尔赫斯以笔墨从戎的方式。

一辈子都在试图离开的是"垮掉派"的凯鲁亚克，少年时他试图离开他的小镇，无法忍受那些整天抱着大仲马的小说、操一口土腔的同伴，他整天泡在图书馆，听纽约流行乐，以此作为人工隔离屏障。他的愿望是做一个铁路职工，用铁轨的弯曲绵延，离开日常的平直轨道。14岁那年他家乡发了大水，撤离到安全地带的人们都望着被水冲垮的家园掩面痛哭，他的心里却暗涌快乐，只因为这个天降的灾难，调节了他寡淡的小镇生活：他第一次看到了波士顿来的记者，他们带来的相机记录了从上流冲下来的城市残骸。这场洪水，冲坏了防洪堤的同时，也洞开了这个孩子的离开之门。

这之后他自制了虚拟玩伴——萨克斯医生，和他的隐身斗篷，他们一起穿过夜色，跃过篱笆，穿梭在暗夜的街衢中，偷窥着甲在手淫，乙在便秘。这是他的第一个小说人物，他被他离开的欲望生出。成年后他想离开他的贫穷，他凭着出众的橄榄球技赢得哥伦比亚大学的奖学金，得以跻身那些操着书面用语、坐私家车上学的犹太学生之列。然而这也打捞不了他的出身，他甚至无法去参加毕业礼，因为他买不起出席典礼的白色礼服。他躺在校园后坡的草地上晒太阳，仔细聆听礼堂里传来的毕业歌声，袖着手、木着脸离开，嘴里嚼着草根，吟着惠特曼，堆出一脸的不屑。

他的离意又生，这次他离开了学校，去做了一名远洋水手。他甚至离开了时间——那是他19岁的暑假，他躺在后廊的凉椅上，静观天空，突然觉得物我两忘，在浩瀚银河的逼视下，每个人的自我都被压扁成"无物"。这个电光石火的瞬间，神学家叫它"启蒙"，文学家叫它"顿悟"。博尔赫斯在彻底失明后亦是离开了时间，一下变成被遗弃在黑暗里的人，四周变成一锅沸腾的热粥，日与夜的吞吐动作变得模糊与暧昧。先天的瞎是一堵终身制的黑墙；后天的瞎是某一天醒来，发现自己被活埋在一座死坟里。时间，也就是用来切割日与夜的那把刀，只能刺向虚无。那一刻他开始把自己活成一个自转的星系，他的迷宫小说，生于他的离开。

总是想离开制式生活的凯鲁亚克舍不得离开的，是他的文字理想，他到哪儿都带着他的灵感簿，他最爱的两个宠物——"文字"和"离开"，让他与"垮掉派"的另外一名主将金斯伯格成为至交。他们原先交情甚淡，直到有一天，金斯伯格让凯鲁亚克为他搬家，他们收拾完细碎，金斯伯格转身，对着房门，飞吻，敬礼，鞠躬，"再见，七楼。再见，六楼……"就这么一直数到一楼，才完成他的告别仪式。待他第二次转身后，这两个男人成了终身的挚友，他们在彼此身上嗅出了同类的气味，他们都是"离开"的爱好者，总是被那种"满含泪水的沉默去意"打动。

这群人中真正的"离开"嗜好者是尼尔，他自幼丧母，与父亲亦很疏离，他在台球馆和妓院里混迹长大，居无定所且有爱无类，他从不在任何一个地方、任何一个女人、任何一种生活的可能性上定居。凯鲁亚克的成名作《在路上》，其活体演出者、其重心、其活力源，都是尼尔。这本书就是"尼尔在偷车，尼尔在开车，尼尔在越狱，尼尔在吸毒，尼尔和一个女人，尼尔和两个女人，尼尔和一个男人，尼尔同时和一个男人加一个女人……"尼尔才是行动派的那个"在路上"的人，他必须不停地说话、做爱，如果让他独处，独自穿越一片时间的白色荒漠，他就会结结实实撞上他自己的自杀欲，他会被他自己分泌的绝望毒死。

然而我之所以写这篇文章却是因为许巍，最近我很迷他的歌，我想为他的声音写点什么。那声音像早班公车里的生铁把手，略有锈迹的金属味道，它让我想起湿而欲睡的困意、西出阳关远去的夜行火车……一切正在途中的事物，他的歌，他的人，都像是"在路上"。穿过幽暗的岁月，攀上独自一人的青春高原，高处的空气，凛冽、孤寒、清澈，过往的少年梦，现在全在脚下了，待近观了，只不过是一堆轮廓模糊的砖石草木，远不是想象中的高大辉煌夺目。叹口气，收了声，木着脸，往前走，是没有尽处的孤旅。下山呢？那经过高原空气锻炼的心肺，让整个人都沉默、紧实了。

他的声音很像我的一个朋友，我甚至没有见过那个人，我总是在想象他唱歌时的样子，他的声音、长相、性格，都有种重金属的性感，是我隔着厚实的审美安全网，乐于去揣摩和把玩的类型。他也是一块"在路上"的滚石，一个不会在任何可能性上定居的男人。在现实生活中，我会选择隔岸观望，然后转身离开。现在你知道我的秘密了吧？我也是个离开嗜好者，我们这个族群的人，可以离开一个地点、一个时间、一个专业、一个工作、一个男人、一个女人，都没有问题，我们唯一不能离开的，只是离开本身。就这么简单。

《卢布林的魔术师》，艾·巴·辛格最动人的长篇小说。书里的卢布林，正处于19世纪末，也就是1863年波兰革命之后。那是一个新旧时代的接缝处，技术革命的余波开始波及东欧，木头人行道被掀起，处处起高楼，煤气街灯开始普及。卢布林是一个脏而喧闹的犹太人聚居地：狭窄的硌石街道，昏黄的店铺，逼仄的住所，密密的人群，混杂着牛奶、麦片、牛马粪、脏水的气味。

五味杂陈的生活气息却掩盖不了人心惶惶，波兰的报纸上天天叫嚷着革命、战乱和危机，在点着长明灯的小教堂里，总有人做夜祈。教堂外是辚辚的车行声，那是俄国占领军把起义的波兰人押送到西伯利亚去服刑的声音。零下40摄氏度的气温，大半年的冰封期，没有煤、没有灯，睡在木板上，醒来就变成了冰蚕——去的人，没有一个能活着回来。

可是我总觉得，辛格笔下的，是他小时候眼中的卢布林，一个封闭的波兰小镇，如果你现在打开波兰地图，在标记高地的那块黄绿色上，就可以用手指找到它。你坐上木头座椅的老式火车，轰隆轰隆，午后的烈日里你打着瞌睡，再睁眼时就可以看到它。它是罗马教皇的故里，这里的人都笃信宗教，每个家族在教堂里都有自己专属的墓地，去过那里的人在游记里写道："常可以看见穿着棕红教袍的神父骑着自行车穿过田野，夏天的热风把他的衣带吹得高高飘起。"

这里的人会记得那个大鼻子的犹太孩子吗？他是一个拉比（犹太教神职人员）的儿子，还是另外一个拉比的外孙，人人都以为他会成为一个世袭的拉比，然而他没有。他成了一个作家。

他出生于1904年的7月14日，在一战时度过了他的青少年，二战前度过了他的壮年。一个天崩地裂的大时代，轰隆隆地从一个孩子眼前开过去，烈焰和炮火照亮了孩童清澈的眼睛。他眼睁睁地看着整个波兰，国已不国。一轮又一轮地被瓜分，苏联入侵，犹太人在苏波战争前被波兰人凌辱：拔掉他们的胡子，烧掉他们的教堂，割掉他们的舌头，彻夜地惨叫。

我絮絮地交代着这些背景材料，只是想为一件事求解，那就是，雅夏，也就是卢布林的魔术师，为什么会成为一个两头不靠岸的、彻底的怀疑论者呢？这个男人充满了"迷"，迷人的迷，迷乱的迷，迷失的迷。一个没有宗教生活，从不做早祈晚祈的犹太人，失去了组织、无所依傍的男人。他有知识储备，他精通物理、天文、心理学，他以理性为中轴，顽强地自转着，他是他小宇宙里的太阳，把不同的时区分配给围绕他公转的女人。

他清洁的理性，让他怀疑这世界上的一切，他既不是传统的犹太信徒，在牛油蜡烛跃动的光影中，念着和书页一样发霉的祷告词——他觉得他实在无须向一个未曾眼见过的上帝祈祷，既然他把苦难、屠杀、饥荒、流离赐予人们。他更亲近他自己的理性。他也不是亲俄分子，俄国人占领了波兰，见猪抢猪，见马掠马，强暴妇女，打着征收的名义掳掠财物。整个村庄的犹太人，被剥光了衣物撵出去。他看见那些臣服和取悦占领军的人，就想呸他们。他不能一刻没有女人，如果让他独自穿过时间的荒芜沙漠，他会被自己汹涌的怀疑逼疯掉。

他是个精通催眠术的魔术师，而所有的爱情，都是一场盛大的催眠：他是自己妻子的早晨——爽朗，亲切，可依傍，充满希望，一切都是楚楚而明亮的。虽然她反射弧偏长，他在家里说的冷笑话，往往等他出门后好几天她才弄懂；他是玛格达的午后，艳阳高照，梨花遍地开，他灼灼的诺言，催开了这个害羞姑娘的身体和情欲；他是爱米利亚的黄昏，温和优雅的智性生活，一尘不染的话题，吞吐于黑夜和白昼间、半明半暗、恍兮惚兮的调情时刻——然而没有明天，黄昏是一天中最有末日气息的时刻。

这是一个多么贪婪的男人，一个热爱速度和高度的男人，他的两匹灰马，一匹叫灰烬，一匹叫灰尘。呵呵，你擦拭过琴键上的灰尘吗？你曾经把一封旧情书烧掉，看褪色的字迹像开累了的菊花一样蜷曲吗？那你就会知道，灰是多么轻、多么快、多么易逝的东西，他可以向任何方向扭曲自己的身体，人们都说他的骨节是用液体做的，他甚至可以用脚剥豌豆，可以模仿任何一种鸟叫，可以用一根铁丝打开世界上任何一把锁，可以走最细的钢丝，可以在绳索上翻筋斗。这样一个万能的身体，他居然还奢想让它飞行。他收集了无数飞行的简报、个例、信息的碎片，他生命中的两颗一级星，就是爱米利亚和飞行表演。

其实这两件事完全可以同类项合并，雅夏对爱米利亚的爱是芭蕾质地的吧——而芭蕾是人类克服肉身拖累、试图飞行的唯一途径。它的技术要点是：一、以足尖做最小的立足点：雅夏是个走江湖的浪荡子，底层出身；爱米利亚却是贵族的遗孀，有厚实的知性背景。他们在现实中，只有最小的、最微弱的交汇点，而盛大的爱情，都得在这个点上着力。二、为了在灯火明丽的舞台上做若干秒钟折纸般脆弱的离地飞行，之前的奋力起身，之后的沉重落地，都是必须支付的体能代价。就像雅夏对爱米利亚，为了与她结合，他必须丢掉他的前半生的背景：他的家、他的妻子、他的江湖地位、他的宗教、他的信仰，还有他后半生的前景，他和爱米利亚私奔，是前途叵测的。

而雅夏，为这场飞行付出的代价是：他为了良心大安地与爱米利亚私奔，就必须找一大笔钱来安顿他的其他几个女人，他就得用自己开锁攀檐的技术去偷，结果自然是未遂，仅仅是个微弱的起跳动作，这个一心想飞的男人，就摔坏了腿。落地而碎的还有玛格达，她因为他的不忠而羞愤自杀。辛格是多么慈悲，他给雅夏找了一个光明的出口，就是让他意欲飞行的肉体彻底回归，他把他关进了一个忏悔小屋，里面有半米见方的小窗、俭省的素食，一个人过着清减规律而琐细无欲的宗教生活，连上厕所的次数都要节制。一切怀疑和贪欲都关在墙外，他终于在极限的纪律生活中获得解脱。

书里穿插着一些美好的景语：绿色的新芽冒出田野，雅夏深深地吸着马粪的气味，苹果树的叶子像晨星一样发光，夜晚的露水像筛子一样从空中筛落，麦芒如针尖一样发亮。景语即情语，这些跳跃的小光斑，一点点照亮了本来有点灰的情节。散文化的段落，如果用多了，会耽误叙事的节奏，使结构松散，但是我有种异样的感觉，我觉得，这些景语，并不是为了给文本调和一点绿色的田园情调，也不是为了加一点酸甜的抒情液，它是为了给雅夏留一张灵魂翻身的底牌——一个再混乱堕落的人，如果他敬畏生命，热爱自然，那么，他就还有被救赎的余地。

可是，我还是找不到解这本书的枢纽，也就是宗教情绪。我生长在一个唯物主义家庭，早早不再相信上帝七天能造人，我身上最接近宗教情绪的东西，也许是对秩序、纪律、责任和日常生活的敬畏心，如果取这个近似值代入，那么这本书可以解成"自由是危险的，一个人只有回归日常生活的深处，用很多的戒条去约束自己，才可以有所依傍，才可以获得安宁"。心中有欲念的鸟群，它低低地掠过、盘旋，为了获得安宁，得让它们统统折翼才好。可是，这么粗糙的一个解，实在无法平衡这本书对我的震动。

我继续看我的雷诺阿，这是小雷诺阿给老雷诺阿写的传记，很艳而腴的一本书，还有厚实的时代背景，肉肉的那种写法。我突然想写雷诺阿了，看他的画，像行经一个造糖工厂，空气里都是甜甜的糖粉味，让人想恋爱。

雷诺阿出身于手工业者家庭，他识别一个人都是从手开始，他给一个人下定义："这人有一双圣徒的手。"他始终不能超脱官能的愉悦，所以他的画里，匠气多于神性。他给他儿子提供的人生经验是："不要信任那个说自己不喜欢大胸脯女人的人。"与其说他描摹的是审美意义上的肉体，毋宁说是生理功能上的肉。那是由定时的起居、富足的心态、稳定的中产阶级生活所造就的玫瑰色肉身、藕节似的粉白胳膊，是一些溺在甜美生活里，已经微微生了滞意的女人——她们不识字，但是随时会弯下腰身给孩子擦屁股，并且把洗衣服的任务看得和法兰西宪法一样重要；她们是母性这个繁茂的根系上，生出的楚楚枝节；她们对生活的自得和自足，像铁锚一样，稳定着她们的美。这种美，不是蒙克或莫迪利亚尼笔下的那种不安、不伦这类重心不稳的负数之美。如果给他们的画面配乐的话，莫迪利亚尼就是爵士，破碎、磨损、不节制的滥情；雷诺阿就是莫扎特的古典乐，滤掉了生命中种种啮人的小烦恼，只剩下明澈见底的生活流。

他对他青年时代的、那个19世纪的巴黎，有一种终身的乡愁。彼时春来的时候，塞纳河边的树木会长出新叶，他喜欢这个城市的体味：女人近身而过时留在空气里的脂粉味、市场的气味、浓烈的韭葱香味里，夹杂着怯怯却执意的丁香味，以及这一切汇成的、那种甜美生活的空气。翻开雷诺阿的画作，这种酸酸甜甜的日常空气就会扑面而来。彼时巴黎人的家居氛围，尚属洛可可遗风之中，在逼仄的空间里，密布琐碎甜腻的细节，画家的存在意义，只是为了装饰那些富人客厅里空着的那面墙。雷诺阿的取材，近似于19世纪巴黎的浮世绘。他断断不会在遍身罗绮的人物身上，放一只磨穿的农鞋，去冲淡画面的甜味，像凡·高那样。他的性格是活泼的，像一粒水银，他对人群的抵抗，也是软性的。所以他与市场，终生保持着良性的、温和的供求关系。

1868年他画的那幅《抱猫的孩子》，顺应当时的时势，应该把这个男孩处理成古罗马题材，摆成一个神像的造型。可是雷诺阿只是随手把他扔在一个日常生活场景中。这幅画，就像雷诺阿余生的其他画作一样，既没有情节的调味，也没有思考的苦味，只有热带水果般、烂熟微醺的甜味。他的立意是还原生活的色、香、味、形，并赋予其绸缎般的华丽质感。他的理论是：人不应当制服命运，而应该尊重生活，并与其和解。

他常说的一句话是："人应当像一个软木塞子，漂流在小溪表面。"他于生活、于艺术，都是这种顺流直下的被动，所以在他的画中，我们也可以看到那种对客体的、近乎奴性的精确复制。他的儿子形容他作画"像是一场逐猎"。他奋力地追赶题材，鞭打并抚摩它们，砍掉一切蔓生的枝节，直至这个题材被制服——但也止于制服，而不是超越。他质疑想象力，并把它看作骄傲的一种方式，他不相信人的视觉经验可以超出神意所赋予的。因而他也没有提炼视觉要素的欲望。所以即使在他同期的画家中，他也是较少抽象性的一个。

1870年以后，他画了大量的浴女图，画中均采用了大面积的强光，关于阴影的描绘减到最低。在这几幅少女嬉乐图中，布满甜美芳香的阳光，像是沉淀在玻璃杯底的一坨金色蜂蜜。树上，春意喧哗；树下，花落水流红。少女嘴唇的水红色，是春夏之交时，向晚的夕光那种颜色。少女的发色，是灼亮的铜红，少女的肤色，是初生栀子花瓣的腴白。雷诺阿的画笔，像蝴蝶亲吻一朵花那样，轻柔和绵密地画出了她们。1870年前后他所画的蛙池，取景于塞纳河畔的一个同名饭店。此饭店叫作蛙池，并不是意指饭店周围的草丛里，聚居着两栖动物。而是指一些职业面目暧昧的女人，她们并不是真正的肉体工作者，而是无根如萍的浪荡女，她们是法兰西精神的代言人：自由为贵，及时行乐。这些女人的表情，和他1870年以后所画的磨坊和舞会系列中的那些女人一样，都是没有渣滓的甜净，像煮沸的牛奶上，那层甜香的泡沫。

雷诺阿从来不采用有棱角或直线的笔触。他的笔触肉感，浑圆而富有弹性，好像是在抚摩一个花样盛开的乳房。在塞尚严格地呈现立体、圆体、球体之处，雷诺阿却以淡化面与面之间的转化为乐。前者是线条与点、面的逻辑学家，后者却是一个耽于感官之乐的画匠。也正因为如此，后者笔下的女体，才更有说服力。他喜欢丰胸、厚唇、有发胖趋势的女人，在他笔下，女人都是一些肉块的膨胀和堆积，她们在画中的占地面积，永远大于那些清瘦的男性。他最痛恨的，就是茶花女式的病态女子，在他10岁的时候，他就开始在泥地上，用树枝涂鸦一个圆脸、有酒窝的女孩子。30年后，他真的遇见了19岁的她，他对她说，"在你出生前，我就认识你了"，并娶她为妻。所以他画哺乳的妻子（《母与子》），画幼儿戴着荷叶边帽的可爱模样，画儿子玩耍时的样子（《玩游戏的克劳德·雷诺阿》），妻子的衣服是红色的，小孩子的脸颊嘴唇是红色的，"颜如渥丹"，参差的红彼此押韵，他的笔触是水波涟漪式的，没有一丝生涩，而是一弹就破的、水泡似的粉嫩。这就是沉浸在印象派喜悦中的雷诺阿。

真是意外所得，在先锋书店的特价区，淘到这本夏加尔的传记《我的生活》。找了那么久，得来全不费工夫，还有书票送咧！其实此君的文采，真是蛮贫瘠的，像是时下的网络文学，骨血单薄，一句一句地平行累加叠成，只是小小的碎步，没有纵深。他的故事不好看，他也不是个能在文字中为自己的心事找到出口的人，感谢主，由此他只好另辟蹊径——成了个画家。

但他常常有片刻出彩的时候：到底是画家，视觉化语言运用得如行云流水，随手拾得的就是"爸爸喝醉后的脸，糅合了砖红和粉红，折合成淡淡的酡色"，要么就是"先生的脸呈赭石色，被蜡烛光映衬得分外明媚"，遍地都是这种一小片、一小片的画意。他还颇有诗情，三两步叙事之后，就接上个抒情小跳，偏偏我最讨厌这种不老实的诗化回忆录。其实，他的画里有相同质地的东西，就是让人微眩的、梦游般没有逻辑的超现实景物，但是他的画，我倒不讨厌。

我真想有个朝南的落地窗啊，我要找一面迎光的墙，就是早晨最初被旭日照亮的那面，我要在上面挂满夏加尔。他的色彩有那样奢侈的狂欢气息，我希望我的孩子，在这样明亮的诗情中长大，只有它们，才配得上婴孩干净的眼睛。算了，也许一幅就够了，毕竟颜色太热闹喧哗了。我想挂那幅《孕妇》，穿黄裙子的孕妇，身上洒满了斑斓的光斑，一看就是能把过冬衣服都晒得香香甜甜的好阳光，肚子里装着一个胖宝宝，脚下是维特巴斯克的农宅，松糕鞋般的小木头房子，憨实笨拙，一看就是过日子的样子，让人安心，还有一只在散步的笑面牛。

我喜欢他对生活的积极性，还有一点孩子气的幻象：他笔下的鱼是长着双翅的，他的母鸡是会凌空飞行的，他的牛是拉小提琴的。所以也只有他，可以去给拉·封丹的动物寓言画插图。而一个人的成长经历必然会影响到他的视角，夏加尔曾经做过画招牌的油漆工，所以他的画有广告化的装饰性，及其带来的直接作用于感官的愉悦感，看他的画时，只觉得地面的景物，逼近了，更逼近了，然后我就有那种低飞和俯冲般的微眩，接着我就赶紧闭上眼睛，一点点地反刍他那些长着双翅的鱼、凌空飞行的母鸡、拉小提琴的牛。

他是个贫苦的农家孩子，爸爸是个卖鱼的小工。鱼鳞的银光勾勒出他的身形，鱼腥的恶臭代言他的体味，"他弓着腰，用一双粗手翻弄着冰冻的肺鱼，他的老板，像个标本一样立在爸爸身边，又肥又大"。这段话几乎把我读哭，夏加尔的身体里，怎么都还封存着一颗柔软的小孩子的心呢？带着小孩子的英雄主义。爸爸是"弓腰""粗手"，老板则是"又肥又大"，这个力量对比也太明显了嘛，他怜惜爸爸的弱势。虽然爸爸常常把被欺侮的苦怨撒向更弱势的孩子，他在他们耽睡的床前举起皮鞭，给他们零用钱的时候撒得遍地都是，带着施舍的倨傲。可是在这个孩子眼里，爸爸始终是那个傍晚带着一身鱼臭、寒气和星光回家的汉子。他时时对他们施以暴力的粗手里，有时也会托着糕点和糖果，那一天，就是孩子的节日。他只想记得这个，不要怨气，不要仇视，不要暗礁，把记忆中的寒意都过滤掉吧。

重读这本书（过去那个是借来的画传版），才读出了这个孩子的敏感、纤细和易折。小时候，他去外公家度假，外公是个屠夫，每天都要杀牛和羊，每次下手之前，外公就会对牛羊做一点思想疏通工作，"把你的蹄子伸出来，现在该杀你了，来吧，来吧，这就是你的命运啊"，牛羊们就会流着眼泪，伸出一条腿，引颈受死。夏加尔抱着牛羊的脖子，也哭了，他也无力扭转它们的死局，他能做的，就是不吃它们的肉，可是因为这笔感情债，阴郁的内疚一直盘旋在他的心里。长大以后，他用画笔为它们超度，他画了好多笑面牛、咧嘴羊，它们拉着小提琴，环着手围着篝火跳舞。它们很快乐。

他的妻子蓓拉，出身名门，两人背景落差极大——夏加尔的爹是卖鱼的，蓓拉的爹是开珠宝店的，熠熠闪耀的首饰，超出了夏加尔的视觉经验："我只在梦幻主义的画中才见过这样辉煌的阵势。"而我们家呢——我们的餐桌和菜肴，则像极了夏尔丹的静物画。人人都知道，夏尔丹是平民生活场景的视觉调查员。蓓拉的全家人，和她展开车轮战，他们轮班说服她，取消这荒唐的婚约，她不置可否，只是逐日地，一早一晚，把她家里的鱼、肉、甜点及她自己的甜美爱情和肉体，带来滋养我们的画家。他只要打开他的窗户，就可以看见树林、绿草，看见月亮挂在林间、马留在农田里、猪留在圈里，一切都在它该安居的所在。蓓拉，带着蓝色的夏夜空气、鲜花和田野的气味，朝他款款行来……他们并不说很多的情话……夏加尔的衣扣再也扣不上了。而她，穿着她的白衣服，或是黑衣服，在他的画里飞来飞去，日益轻盈。

好像是杜拉斯在哪本书里写过，是《直布罗陀水手》吗？她写道"汽车缓缓地攀爬上了高处，在山顶上，我们回望小城，夜色降临，星星点点的灯火像是被打翻的星海"。这个意象一直储备在我的审美经验库里，我觉得读书的快感正类于此，我们作为人，而不是一头蒙着眼睛拉磨的驴，绕着一个固定的点，在僵化的半径范围内生活，我们得以战胜这个点和半径以及蒙眼布的武器之一就是书，这块蒙眼布可能是一个男人，可能是一个家庭，可能是一份工作，它们汇流成卑琐的形而下生活。书，是明亮的岛屿，是回首灯火人家处的一个山顶。

最近我爬上的一个山顶是文艺复兴，文艺复兴的字面意思是古罗马人文精神的复苏，这个精神在漫长的中世纪被打断过两次，第一次是匈奴和日耳曼人的入侵，第二次是对拜占廷艺术的凌虐。14世纪的罗马只余下文化和物质的双重废墟：贵妇被掳掠，修女在卖淫，古宫殿的遗址上野草离离，农人吹着牧笛在放羊，甚至连政治意义上的意大利也不存在，只有分散的城邦。离乱，血光，阴晦的政治斗争，城池的得与失，真像中国的战国时期。

你看，你看，文艺复兴的脸

所有的精神文明都是由物质生产力推动的，为文艺复兴买单的就是富有的美第奇家族式的君主，当他们的商队越过了阿尔卑斯山、他们的商船横跨过黑海，经过无数的算计、投资、贷款，他们口袋里的钱，多得足以漫出来，多到在买完了政府、议院、妓院之后，尚有余额，他们就去找米开朗琪罗或提香来，把过剩的金钱幻化成教堂的一幅湿壁画、议院的一个廊柱，让金币凝露成文化的芬芳。

乱世不仅出英雄和佳人，而且出天才，这种天才长满了文艺复兴的节节寸寸。天才在拉丁文里的意思就是"心里被神灵激励的人"，安哲里柯修士就是这样的一个人，他不仅被神灵激励，他差不多就是和他的宗教幻象生活在一起。他在一个小修道院的密室里修行了一辈子，安哲里柯并不是他的本名，只是暗喻他是"天使般可爱的人"。他的住处，也真是个天使栖居的地方——全欧洲最好的阳光，像玻璃杯底的蜂蜜水一样，甜甜香香的；修行密室的木头小窗子，像婴孩的耳朵眼一样小而深邃。推开那扇小窗子，安哲里柯修士，仰起他金发下，有点孤寒的、长长的刀把脸，就可以看到太阳像金针一样在空中飞来飞去，楼下是温柔的灰绿色草地，长着四季不败的花草。他是个多么幸福的人啊，被他的宗教热情滋养着，在他心里，上帝、圣母，都是活生生和他生活在一起的家人，他大隐隐于心，在文艺复兴喧嚣的技术革新呐喊中，守着一颗安安静静的心，孤身走他的中古路线。

他曾经受教于罗伦索，但是并没有掌握好透视技术和解剖学原理，技巧上的软弱，使他笔下的圣母像，像是一个苍白的扁平切片，或是天堂里长出来的无土栽培花朵，全无一点泥土气，完全没有文艺复兴后期人物像的肌理坚实、血气充沛和逼人的体积感。也正是技巧上的软肋，让他笔下的圣母，成为最有神性的圣母。据传从来没有人成功地激怒过安哲里柯，他差不多是个活体版的天使，我也不相信有人能激怒他笔下那些神游方外的圣母。

与他相反的是里皮修士，他对世俗生活的热情远远大于对一个远距离的上帝。领导把他关在房间里画画，结果他难耐欲火，把床单割开，编成攀索，从窗子里爬出去泡妞。可能正因为他旺盛的原欲，他对女性的身体有一种直白的热爱和理解力，因而他笔下的圣母是最有女人味的。眼睛里温热的笑意，嘴角微微漾开的笑纹，这些常规甜味剂他都不屑使用，可是那纯净的甜意，全溶解在她低垂的眉睫、弓起的唇角、合十的手势、起伏的衣纹里，一点渣滓都没有。他是你家隔壁的糖加工厂，你看不见一星糖霜，可是空气都是甜的。

达·芬奇，文艺复兴的全能选手之一，他的兴趣面，几乎赛过了最广角的相机镜头。他整天在街市游荡，记录男女老幼的面部表情、动植物的运动与器官、田野里麦波的潮起、天空中飞鸟拍翅的动作、山脉的环蚀与起伏、天地间风雷的涌动……他对万物都有兴趣，以至于最耐心的手也无法跟上他狂奔的思路。画家只是他多棱身份中的一棱，他还精于物理学、天文学、化学、解剖学，他体内的清洁理性即使没有打败他的宗教情绪，至少也冲淡了后者，他的宗教画中没有其他画家笔下常见的怀揣敬畏。哦，对了，还要补充一点，这个广角镜头的注意力缺口，他唯一不感兴趣的东西，是——女人。看看，从女人那里节省下来的注意力，就可以成就一个全能大师。

他是个私生子，在母爱缺席的冷场中长大，与继母的恶劣关系强化了他先天反常的性向，他对女人的理解，看蒙娜丽莎就知道了，她眼睛里闪闪发光的灼目神情，与其说是善意，莫若说是狡黠，她的眼睛太聪明了，似乎从里面伸出手来，把对面的男人爱慕她的心思，都像大橘子一样放在手心上掂量把玩。还是看达·芬奇的圣母像感觉比较安全一点，他笔下的圣母是最家常的——《柏诺瓦的圣母》，好像刚从厨房里出来，身上还带着烟火气，油光水滑的大脑门沾染着油哈气，微秃的淡金色眉睫有点过日子的疲沓，嘴角挂着吃力的笑，窗户开着，这笑被吹冷了，风干了，还在笑。她的儿子将来是要救世的，还好她没被这飞来的重任和幸福砸晕了，她只是很驯良的良家妇女，不管怎样的命运，她都会卑顺地与它和解——她笑了七百年。

拉斐尔笔下的圣母，脸盘子小而精美，是一个浅浅的容器，里面装着热带水果的甜而微醺——插个闲话，常常有人问我为什么没有笑的照片，我的回答很无奈：因为我是圆脸啊，笑起来脸会变短，更显得无脑。要是男人就会做不解状：圆脸好看呀，比较甜美嘛。我发现很多男人都是圆脸的拥护者，可能圆脸比较乖甜相。反观长脸比较苦味和孤寒相，老了血肉松弛以后更是，但却比较清峻，有种骨骼清奇的知性美。波提切利的圣母都是优雅纤柔的长脸，拉斐尔的圣母却都是幸福而祥和的圆脸。

他是个御用画家的儿子，自幼生长在公爵府，他经验中的女人就是宫廷贵妇，他把她们提纯复制在他的圣母像里。她们长着尖翘的小鼻子，那鼻子是用来闻花香、酒香、甜点香的；她们也有心事，不外乎是点奢侈的闲愁，社交场上的杯水风波；她们嘴角甜甜的，那是刚吃过奶油樱桃、被情人深吻过的甜蜜。然而她们仍然有一种母性的舵样气质——拉斐尔自幼失母，这些贵妇对他还是母爱的代偿，他长得漂亮，从来都是贵妇的宠儿。

有时我疑心文艺复兴精神就是一种优美的均衡律，这种走平衡木的高手在文艺复兴里俯拾皆是：文艺复兴之父彼德拉克，爱上了萨德公爵夫人，他为她写了207首摧心肝的血泪情诗，她海水般明亮的眼睛、火焰般灼热的发色，溶解在起伏的诗句里，在地中海流域广为流传，可是据传他连她的小手都没摸过，而他自己却纵情酒色，十几岁时他就生了两个私生子；薄伽丘，爱上了一个外号叫作"小火焰"的荡妇，他为她写了长达9948行的情诗，这也没耽误他给另外一些更小的"火焰"写了好几百首情诗，他对前者的爱情批发，一点不影响他对后者的零售事业。灼热的纵欲与绝尘的精神之爱并行着，婉妙的调和，温柔的妥协，异质的对比和共生，层次纷纭的杂质之美——这是我理解的文艺复兴精神。

与酒色生活一样，无垢的精神之爱又备受推崇，波提切尼亦是个生活放浪的人，然而他浑浊的动物欲全沉淀在生活流里，一点也没有搅浑他在画中对女人纯净的敬意。最美的圣母我觉得就是在他笔下：他笔下的女人都长着沉甸甸的乳和臀，开阔的骨盆，蓄满了勃发的生育力，然而她们的母式的丰盈身材上长出的，却是一张干净绝尘的处女脸，一看就是在蜡烛光下安静长大的脸，完全没有被电灯光催熟过的。光洁的月眉，纤柔的五官，象牙色的柔肤，欣欣垂散的金发，在裙边和背景上大朵大朵绽放的金色藤蔓缠枝花纹，都是当时翡冷翠贵族的口味。波提切尼本人轻视抽象理论，也许连他自己也不知道，他画中漫溢的奢华、宁静、明亮的享乐主义，欲望的繁茂与回春，就是真正的文艺复兴的人本精神。

雨还在下，一个人窝在小书房里，暖气打得足足的，窗子一会儿就变得白蒙蒙的了。一边用手抹雨雾，一边心里想着那个叫本雅明的男人。在1926年的冬天，这个男人，穿过了整个欧洲大陆的冰冻雪原，去寻找他尚未成形的爱情，并且解决他自己的政治倾向（是不是保留党籍）。他要去考察新生的苏维埃政权，看看自己的学术生涯能不能在那里继续。火车轰隆隆地开过荒原，男人的心里忐忑不安，微黄的初雪，像纸片一样轻旋着飘下来，在普希金的诗歌里，它们曾经被比喻成处女，以形容它们的柔软、坚贞和细洁。而此刻，在这个男人的眼里，它们将一切都映衬得更加渺茫未知。

他投奔的那个女人——阿斯娅，前几天刚因为精神崩溃给送进了精神病院（后来这也是他们主要的约会场所）。他们之前见过几次面，但一切都未成定局。他使君有妇，她罗敷有夫，他不能肯定和她之间的任何事情，可是她是他的生命线，本雅明好像离了这个女人就会饥渴而死一样，可这是为什么？其中的线索，在表象世界里，真是无迹可寻：这姿色平平、脾性暴烈、自恋成宠、惜爱如金、时时濒临精神崩溃的神经质女人，情绪颠簸如高空气流，难得有注意力高度集中的时刻，可是本雅明却说，他爱她的温柔。

这真让人匪夷所思，然后就这么一页一页，一边烧水、煮蛋，一边循序读下去，发现本雅明的日记常常藏有这样甜蜜的旮旯。"1926年12月12日，阿斯娅坐在床上，我喜欢看见她打开箱子帮我收拾衣服的样子，我喜欢她帮我挑出一条领带的样子""1926年12月27日，阿斯娅为我煮了一个鸡蛋，上面写着'本雅明'，她把它郑重地交给我"。突然明白，本雅明眼中阿斯娅的温柔，恰恰成了温柔的罕至。线性的、日常质地的、稳定的温柔，就是大面积的一洼甜兮兮的糖水，早就把味蕾催眠了，而这么一小片一小片的温柔，就像广东人的盐水泡荔枝一样，因为口感的反差，反而突出了片段的甜。甜味如沙里埋金，一闪而过，把它析出，就可以调味之前和之后的苦涩。

本雅明所动用的形容词，是我的注意力重心所在，就是不明白：明明就是个暴戾而吝啬的女人，从不大胆对他示爱——肉体上对他克制，最多只是"用手指深插入我的头发"，情话里都惜字如金，不肯做出一点板上钉钉的切实保证，"嗯，有时间吧，有时间我会给你写信，那要看我的身体情况了"。本雅明却这样评价她说，"很多年了，没有人给我这样的安全感"。那是1926年的冬天，他们走过圣诞前夜的大街，苏维埃政权下的莫斯科带着无法慰藉的郊区气质：又大又空又荒寒，街道上是没膝的积雪，雪光把照明灯的灯光照出几百米远。除了寥寥几个啜泣的乞丐之外杳无人烟。他们一路无言，默默前行，在本雅明的小房间里，热乎乎的茶炊送上来了，"咕嘟咕嘟"地在炉子上滚。"阿斯娅背靠着小圣诞树躺着，我能清晰看见她的脸，很多年了，我没有这样的平安夜的安全感了。我们说了很多很多话，之后她离去了，我被这晚满满的活动消耗过度，很快上床睡觉了。"

我想，本雅明可能属于那种气质贫弱，交流欲也淡漠的人，大多数的时间，他都活在自己的郁郁不安里，心里满是死角和隔夜的心事，淤积出很多内伤。这本《莫斯科日记》里，他写得最多的，不外乎是莫斯科的市井素描，近距离的民生多半是他眼睛看到的，而不是凭交流能力得来的信息，当然语言不通也是个问题，可是也看出一涉及集体活动他就很疲沓，很不安、焦灼。而阿斯娅呢，却是一个说话不计后果、行动力健旺、热衷于在公开场合展现锋芒、与人口舌交战的女人，像本雅明这样一个自我黏稠、高度密封的男人，有时，也很需要这样一个尖利的女人来刺穿他的内敛，让他释放。这个女子，放在人海中是不会被湮没的，她不容易开心，可笑起来却像个孩子；她容易满足，心中却有永恒的妄念与渴望——如此强烈，以至生命对她，时常成为一种压制与屈辱。她不美丽，她不贤淑，她不温良，没关系，我们爱她的真。

本雅明好像是家有贤妻的，可是为什么只有一个情绪不稳的疯癫女人才能带给他安全感呢？难道本雅明君有受虐癖吗？当然不是。呵呵，贤妻，一般都是双手双脚非常勤快，端茶送水，洒扫除尘，随男人的手势俯仰不已，可是她们的智性和性感，却长年处在一种昏睡的惰性之中。而阿斯娅呢？她鲜有关心和照顾别人的温情，她根本连长时间注目于另外一个人都难以做到。可是这个女人，智性却非常活跃，她的体内有一个极其敏感的搜索雷达，可以在第一时间内抓住这个男人的表达方向，并与他信息对称，获得交流快感。有了她，他精神中最奢华也是他自己最珍爱的那部分——他不被世人承认的学术成果，他孜孜研究，却不为人注目的旮旯零碎，他心里那些纠结未平服的荆棘，都有了被赏识和落地的机会。没有交流对手的寂寞，终于被缓解了，这种"海内存知己"的踏实，才成就了安全感。

想想看吧，这个男人，他怀抱对苏维埃这个新生政权的好奇、新鲜与冀望，来到苦寒的苏联近身考察，可是眼前的一切，都让这个"左"倾的知识分子失望：物资贫乏，交通闭塞，信息不畅，政治空气过度浓厚，文字狱还没有大肆兴起，之后被抓进劳改营的那批移民作家，现在还活跃在文化舞台的前景上，可是空气里，已经有了冰雪欲来的凛冽气味：所有的剧本和小说都被严格审查，能上演的最后只有横平竖直的样板戏。低温的政治气候，比酷寒更要他的命。他像所有20世纪20年代的知识分子一样，在战后的惶惶中无法立身，更不用说是立学立言，做一个乱世的学人，比一个搬家的大杂院里找窝下蛋的老母鸡还烦躁吧。原以为新生的政权是一个安乐窝，可是事实狠狠地扇了他的耳光。如失重心、心旌摇乱的惶惶中，她的那一点知己的暖意，更是救命的。

我觉得很有意思，爱情吧，它只能是一个人的事情，至多是两个人，第三者一参与评判就烦絮了。我说，"爱情千古事，得失寸心知"，如果你说贤妇的柴米之爱才是爱，那么最爱宝玉的是袭人；如果说关心对方的事业前程才是爱，那么最爱宝玉的是宝钗。可是最重要的不是我们的判断体系，而是宝玉的需求。他需要的，就是一个足够大的精神自为空间，交流通畅，调情快感，这个，只有黛玉能给他。

这话题是扯远了，最完美的答案还是由本雅明自己给出吧：

> 爱一个女人，不仅意味着与她的缺点相连，也不仅意味着与她的弱点相连，她脸上的斑点、皱纹、不整齐的衣衫、不匀称的步伐，比一切的美丽的东西更能持久吸引你的注意。这是为什么？因为感觉不是头脑里产生的，它是在身心之外，我们那眩晕的感觉，在爱人的光彩中，像鸟儿一样扑腾着翅膀，鸟儿在树叶里寻找庇护，而我们的所爱之人，她们的皱纹、不雅的举止、崴着的步态、明显的瑕疵，都藏着我们的爱。人们不会想到，正是这瑕疵和可挑剔之处，才是爱的最安全栖身处。
>
> ——本雅明《单向街》

这本书，以它的毫无心机的粗劣样子吸引了我。名字粗劣，书脊上死眉瞪眼地印着"爱与恨"三个字；装帧粗劣，封面是托尔斯泰和太太的合影，像是显影液搁多了又没搅拌好，郁郁的暮色里是两张郁郁的老脸。托尔斯泰穿得像个农人：粗布袍子，腰间系条粗绳子，脚下穿毡鞋，紧蹙的眉下，那双著名的狼眼森森地直视前方，发出幽蓝的光。

这曾经是一对神仙伴侣，也是一对旷世怨偶。在托尔斯泰庄园，那个连油灯都没有的蛮荒农庄里，这个照片里的女人，当时还是个绿鬓朱颜的初婚少妇。每晚当家人全睡下后，补缀好全家的换季衣服，她用纤白的手指写工整的花体字，一边把她爱的那个男人白天写下的字迹、飞舞的天书誊抄下来，一边为书中的情节走向和人物的离合流泪，那本书叫作《战争与和平》，它的手稿有3000页，而她，整整抄了7遍，也就是21000页。

我试着为托尔斯泰换个太太，比如把陀思妥耶夫斯基的老婆换给他，可能托尔斯泰就成不了后来的托尔斯泰。一、老陀的老婆体质孱弱，不可能夜夜为老陀在油灯下疾书，此外还要在几乎没有外援的情况下，生养13个孩子，照顾一个大农庄、一个农民子弟学校、无数的托尔斯泰信徒。二、老陀老婆的脑力，绝不能与托尔斯泰匹配，而后者需要的不仅是个信息收集板，他还需要交流的快感。三、神经强度。很久以前我说过，老托是个严重的分裂症患者，当然，这是天才的高发病，它可能也成就了他的小说事业，这样的人很容易把自己代入角色思考。可是，和他们生活在一起是非常困难的。

真的，这两个人无论脑力、体力，还是情感模式，都太匹配了。也正因为此，才能找到对方的痛点，彼此摧残。突然想起阿赫玛托娃看完《安娜·卡列尼娜》后说的话："托尔斯泰根本就不喜欢这个女人，至多只是同情，因为她是个婊子。"我觉得阿赫玛托娃真是聪明绝顶，在老托的多重自我里，至少有一重是对女人有敌意的、不信任的。一直到34岁遇见太太之前，他都过着非常放荡堕落的生活，在高加索和哥萨克人混居的那两年，他就像所有的俄罗斯军官一样，夜夜喝酒、赌博、嫖妓，还染了梅毒，并且和他爸爸的一个女奴有了私生子。老托从向托太太求婚到结婚，之间只给了对方一个星期的准备时间，他是怕自己动摇。他太知道自己的摇摆不定。而且这一个星期里，他强迫对方看完他青年时的日记——记录了他全部堕落生活的日记。

老托是个自省机制极度发达的人，一般人的自省力如果是100万像素，那老托至少有400万。然而高度清晰、直白的诚实，它引发的一定是良性后果吗？对一个只有18岁、在一个封闭家庭中长大、对男人的经验是一片空白、对爱情还怀抱玫瑰色梦想的少女而言，这种真实又何尝不是一种残忍？

果然，这个少女几乎给他逼疯，当她流着泪看完丈夫的堕落日记后，她甚至还看到了日记里的女主角——那个女奴，带着她的儿子（和老托的私生子），常常来农庄里干活，这个少女在日记里写，"那阵子我见到枪就两眼发光，我一直想杀了他们"。而老托呢，还非常"迟钝"地和妻子探讨私生子的生活问题，并且在小说里，把那个美丽的女奴一再摹写，连名字都没有改。这些小说，都得由他的太太一个字一个字地重抄，就像是插入一把生锈的钝刀子，把丈夫与其他女人的艳史，一个场景、一个场景地拆散开，重新放映，凌迟她。

那么，我们到底应不应该对伴侣诚实呢？我想秘密就像牛面前的那块红布，它能激起牛的怒火，不仅是因为它本身的刺目色彩，也是因为它经过训练的挑衅动作。算我怀揣小人之心吧，托尔斯泰把一切和盘托出，他的动机是什么呢？是虐人？有这个可能，想起他之前追求的瓦尼亚，他可以通宵骑马，越过滩涂去看她；也可以令人发指地菲薄她："你真肥啊，拜托你无论什么天气都要去散步好吗？你太蠢了，不可能理解我的智力生活。"他体内的那个愚夫被女人迷得神魂颠倒，而另外一重分裂的自我，那个智者，极度鄙夷女人。或许，他抛出秘密是为了转移道德负疚？也有可能，但最大的可能是一种理念的纯洁，就像他晚年非要抛弃财产，与农人共享，从而与家人决裂一样，有些理念，在真空运作的时候，真是完美圆熟，像咬着自己尾巴的金环蛇似的，可是它一旦落到操作面上，就是最没有人情味的事。比如托尔斯泰的这种诚实。

然而诚实也可以是一种共同成长，我想起马尔克斯夫妇。

马尔克斯年轻时颇为放浪，常常出入妓院，有一阵子迫于困窘，居然就寄居在一个妓院里，还和侠气冲天的妓女混成了哥们儿，后者常常从嫖客那里偷来啤酒和煎鸡蛋给他做早餐。他还视一个老鸨为"第二母亲"，后者常常为他打理生活，借出妓院里的地盘为他举办文青派对。一开始我的理解是：哥伦比亚是个热带海区，加之拉美后裔都比较热情奔放，这是个高度文化混血质的国家，简直是个巴别塔，全世界的"枯枝败叶"：难民、政治避难者、投机商，都在那里集居，所以那里的人天生就有容纳异己的宽容生活态度。

直到前一阵查资料时发现马尔克斯太太的一张照片，那双美丽的杏仁眼，真是……撼人，照片是被反复冲洗过的，微黄，有种时光沉沉的旧意，真让人沉溺。我想：这是天蝎女，天蝎女常常会有这种时空恍惚的眼神，伯恩哈特、苏菲·玛索，甚至那个丑丑的欧姬芙，都有这种眼神。一查果然。我霎时理解了，这是一个典型的"鱼男蝎女"的爱情模式（马尔克斯是双鱼座），同为水象星座，蝎子是条暗涌的地下河，波澜不起的、单向地流；双鱼是个水网，曲线思维发达，精灵可爱，想法多多，出口多多，总能迷住直肠子的蝎子。

13岁，也就是小学毕业的那年，这个埃及血统的小蝎女，第一次被一个鱼男求婚，之后他们经过又一个13年的爱情长跑，她在彼岸目睹着他从一个多情的少男，成长成一个温厚的成年男人，他可以在她家窗下夜夜吹着六孔萧求爱，也会在途经的每一个港口给她写下粉红色的情书。而这些，都没有耽搁他去嫖妓、找乐子、饱览爱情沿途的风景。而她呢，只是水波不兴地，在那里等着与他的水系汇合，他始终会回归她，这点，他知道，她也知道。

有一种秘密只能在暗夜盛放，比如蒋韵笔下的爱情，蒋真是写暗恋的圣手。《上世纪的爱情》把我看得大恸，爱情的质地就应该是这样：莲花美在未出水时。爱你，且让我终生为你守口如瓶，就像书里的那个女孩，直到心爱的人死后，才用他教会她的手语，在他的枪决令前，一个字、一个字无声地说出"我爱你"。后来蒋又写了《隐秘盛开》，书中最动人的一段，是那个女孩在暗恋她的那个男人临终前的床头，苍蝇吸着他的血，他用咏叹调表述爱情，真是悲壮极了，凄美极了，也失败极了——秘密，好比暗夜里拔节生长的植物，它的幽香，一旦暴露在日光下，就苍白，失血，灰飞烟灭。

我见过最美的秘密是在一本书里（《日瓦戈医生》），读书的时候，脑子里都随时配备灯光师、化妆师、演员，一边看文字情节铺陈，一边就相关场景动态成活。这个故事在我的脑海里被剪接成："拉拉走在黄昏紫色的暮霭里，身后是公车上的日瓦戈医生，他看到她，飞奔下车，心脏病发作，就在他爱的这个女人身后，慢慢地倒下，而她，还在大步向前，以她一贯明丽的样子，无畏地向前走去。"这个秘密的动人处在于：它是天设计的，不是人设计的，拉拉永远不会知道，她这一生，再也见不到她深爱的那个男人了，她满怀坚定的希望，背对秘密，向前走去，把这个阴冷的秘密抛给了读书的我们。背对秘密，渐行渐远的拉拉是幸福的，而从她手中接过秘密的我们，是痛的。

现在我每天都睡得很早，又起得很早。生活里一下凭空多出好多早晨来。薄云天，晨光照得一切都是灰亮的，屋瓦上居然有鸽子在走。薄薄的光线，薄薄的云层，薄薄的车流，薄薄的悲喜莫辨的心思，薄薄的早晨。法语里，与"薄薄的"相对的是"厚厚的""肥肥的"。肥话就是荤话、黄色笑话；肥汤就是浓汤；肥肥的日子，就是闲暇宽裕、起坐舒缓的日子。

好像很久没有读书的欲望，很本义地读，就是小声地把它读出来。我老是和他们说，我不喜欢海明威，除了这个人的首尾之作——最早的写密执安北部的那些短篇，晚年的写巴黎流离生涯的散文体回忆录《流动的盛宴》。前者明晰、紧实、自制，充满像初日喷薄而明亮的才情；后者温煦、缓和、回味悠长，像暖红的落日。

在读的这本是《流动的盛宴》，想读出来是因为它的好情绪。好技术的书太多，好情绪的却实在太少。这个好情绪，却并不是成于肥肥的日子，虽然彼时海明威正年轻，有大把的青春在手，一切都刚刚开始，一切都来得及，积而勃发的野心、由未来而透支的信心，再遭

肥肥的日子

179

遇上20世纪20年代的巴黎——"蔷薇色的天空，浊绿色的水"，全世界的青春都在那个光怪陆离的地方被催发。

然而我觉得不是，这本书的舒张，是来自一个功成名就、坐享盛名的老年人的安全感，和优渥生活带来的自得。朝花夕拾，朝瓦夕不拾，足够的安全感让他松弛，可以宽柔地过滤掉早年日子里的霉斑、暗斑。不再去想冬天连取暖的柴火、保暖的内衣都买不起，只能把长袖运动衫一层又一层地贴身穿着的窘困；不再去想住在连洗澡间都没有、一只橘子不带进被窝过夜都得结冻的寒屋；不再去想住在最穷的街区，每层楼只有一个公厕，夏天运粪车的臭气漫上来，孩子请不起保姆，只能让一只大肥猫看着摇篮的困苦。这些，因着一个发光的老年，而被原谅，继而轻松地、毫无怨气地笑谈甘甜的白葡萄酒、多汁的蛎肉、春天将来时森林里的芳香暖风。

然而他记得那种饿的感觉，在海明威早年的小说里，人物都骨架坚实，大块头，大脾气，大食量，他们总是坐下来就想喝一杯，这种饥饿感，到现在我才明白，是写书的那个人，他勃勃而不满足的食欲，渗透到了他的书页里。这种饿，并不是吃顿大餐，再和心爱的人云雨一番，再在次日熹微的天光里，孜孜地写上一上午，就可以去安慰的饿。不是，它不是身体之饿，也不是性欲之饿，它其实是一种名利之饿、企图心之饿，它是由受阻的失意、受挫的恨意积聚而成的一个脏脏的小水洼，在这个水洼里，很多过路的人，都被映衬得变了色。所以，当海明威隔着豪华饭店的玻璃窗，看着当时业已成名、崇拜者拥簇脚下、脸色焕发的乔伊斯，连海明威自己也在想，到底"我的饿，有多少是胃里的反应呢"？

当时他远未成名，不过是成千上万在巴黎混日子的文青中的一个，冲着这里战后的低生活水准和老欧洲的文化底子——然而这么说也不对，他非常自律，每天不完成一定进程的工作，就内疚得无法吃午饭或去看一场赛马。这个习惯，我记得一直延续到他盛名之后。那是我在另外一本传记里看到的，他早早就懂得爱惜并经营自己的天才，每天绝不写到力竭，而是留一点灵感的水源，等着潜意识去滋养它。他最大效率地经历和观察生活，却不会为之所累，无论喝酒或交际，绝不能影响他的工作。所以，他没有像他的同时代人菲茨杰拉德那样，生就蝴蝶翅膀那样的美妙图案与飞行能力，却不懂得保护自己的天才，早早被奢华的社交生涯磨损了翅膀上的花粉，最后连怎么飞翔，都不再记得。

他是个骨子里很自傲的人，也许世界观严苛，很容易看出一个人的不洁处。在他的眼界里，几乎没有褒义状态的人，即使被美酒、暖气、文化名流的云集、成名的机会所吸引，和当时的文化名人斯坦因交流甚欢，可是仔细想想看，他是一个何等怀才自信的人，可是他却很懂得自抑，说得少，听得多，从不谈及自己，只是温驯自甘地提供一双大容量的耳朵，供自恋的斯坦因倾诉和泄愤，让她把自己踩成一条展现自我的T字台。一个自恋的人，在一个自抑的人面前，是最危险的，她会最大限度地被那种温驯按摩催眠，然后最大功率地释放自己的丑陋面。结果几十年后，谈到这位已经谢世的朋友，海明威的句式突然变得曲折且迂回，包裹着他当年隐而未发的恶意。斯坦因在他笔下是一个不能容纳异己的狭隘者，有不洁的性倾向，"从未见过一个人对另外一个人发出那样恶心的声音"，他这样形容斯坦因和她的女伴。

他和所有的小说家一样，臆想能力远远大于写实技术，当他在巴黎时，秋冬交接处的微凉体感，枯枝映在瓦蓝天空上的明净线条，微微裹紧上衣的薄寒，就可以是一只最轻巧的枢纽。打开记忆的开关，他写家乡，那个密西西比河畔的小镇，同样的秋冬日子里发生的故事，历历如在目下。吃一口肥美的鲟鱼，记忆再次启动：这次呢，是家乡的小水栅，乳白色的浪花扑在上面激起的碎沫，只有在远离事发地的他乡，才能最贴体地还原场景。所以，他最好的巴黎随笔，也是在古巴那个热带小岛、在海潮味道的腥风里写下的。

场景一：1944年，盟军在诺曼底成功登陆，只用了若干天就长驱直入巴黎。在巴黎的一家小酒馆里，浩大起伏的欢呼人声中，走进来一位魁梧的青年。很奇怪，说他魁梧，并不是因为他的身形，事实上他的身高和体重都是常态，但是那种视觉冲击力，见过他的人都说无法忘记。这冲击力由勃勃的生机、喷鼻的酒气、焕发的神采、喧喧的笑语、明亮的牙齿、坚定的步态组合而成，他越过人群，直奔角落，而他的步态所趋处，亦被瞬时照亮。我们这才看到，角落里还蛰伏着一个幽暗的青年，他长着黑头发、黑眼睛、黑睫毛，裹在一袭雨湿的黑色军用雨衣里，脸上盘旋着鹰样阴骘的黑色神情。阳光少年上前逼近一步，黑色少年就自卫性地后退。

请原谅，其实场景一纯属我杜撰，因为很多年后，当海明威回忆起在酒吧遇见的这个叫 J. D. 塞林格的青年，他只淡淡地说，"这个阴森的人，小说倒写得他妈的还行"。除了这个骨感的评论，剩下的，声音、气味、天气，都是我配置的，我觉得在一个笑语漫溢的热闹背景上，更可以析出这两个人的异质。在这类底色上，海明威永远是最活跃的那块光斑，就像

犹如上帝对约伯

塞林格永远是最霉湿的暗斑一样。

　　这个通体黑色的男人，在战时被编入步兵部队，他从军校毕业，以为战场是可以实践人生的意义的地方，直到上了军舰被送往欧洲战场，听到舰舱外战友们此起彼伏比赛放屁的声音时，他第一次听到理想幻灭、类似于玻璃器皿落地的碎声。而这只不过个开始——他在犹他海岸登陆，第一轮战役已经打过，战场上是遍地的陈尸，一眼望出去几公里都是简陋墓碑、累累的白骨，冲进鼻孔里的尸体焦煳味，就此跟了他一辈子；连续几个月栖身于狐狸洞里，那是一个比棺材还小的窄洞，就地挖掘，蜷伏在洞穴里，身下是血湿的冻土。眼前可能是战友的一只手、一条腿，头顶的天空和大地一样昏暗，白昼是黑夜，被炮火照亮的黑夜才是白昼。他整整一个团的战友的名字，从此停留在犹他海滩森森而立的简陋墓碑上。1944年的某个月，百分之六十的人死于非战斗原因，也就是冻伤。他的母亲从大西洋彼岸寄来手织的毛袜，母爱顽强地穿过封锁线，穿过战火和炮击，穿过战时的物资匮乏，穿过官僚主义的潦草和敷衍，这一周一双的温暖牌袜子救了他的命。

　　当他归来时，身体里还残留着好几块霰弹的弹片。他的脸长年地肃然着，像是他自己的墓碑，一块上好的石碑被雕刻出来，需要一把最有力的凿子，死亡还不算是，令人憎恶地活着才是。他本以为他是救世之栋梁，不曾想到自己只是一双一次性筷子，他被这场荒谬的战争潦草地使用完了，虽然形体完整、质地尚佳，可是没有用，他已经过期了，他知识储备里所有的哲学和是非观都不够用了，也不足以解释，为何人们的鲜血要大规模地流淌在大地之上。但至少，一切的疯狂都应有人生的颓败为底。他崩溃了，可他还年轻，信仰死了，他还得活下去。

场景二：乌斯地，有一个人名叫约伯，他生了7个儿子、3个女儿，他的家产有7000只羊、3000只骆驼、500头驴、500头母牛，许多奴婢，他整日呼奴使婢……这个人在东方人中称至大。这时，上帝就派撒旦伸手去毁掉了他的一切。"野地里有不知来处的狂风，击打房子的四角，孩子们都被倾颓的房屋压死了，上帝毁掉了他的一切，除了性命。"约伯彻悟后，便起身，伏倒了便拜，说我赤身来此人世，也必将赤身归去。

——《圣经·旧约》

每次我读这个故事，我都在想上帝的意图是什么，取个直线的解就是：上帝希望解除约伯的恋物欲，破除一切对外物的依赖，去掉物执，破了我执，让他附着在幻象上流动的快乐，有机会凝固成固态的幸福，而这个幸福的基础是谦卑。

可是当约伯降落人间，附着在不同肉身时，因为个体差异，这些人间版本的约伯反应可是完全不同的，比如海明威版的约伯可能会这样记叙战争："哈哈，那时我被排击炮击中，小腿上取出227块弹片，最漂亮的姑娘都为我哭泣，她们来看我时，从床边的小罐子里摸几块我身体里取出来的弹片走，一边走还一边哭。"海明威的战时回忆录，我看该更名为海明威故事新编，这些海水般明亮的情节与其说是复制实情，莫若说是放大光斑，它们被臆造出来，只是为了和一个明星作家、一个硬汉代言人的表演者配套，战争强化了他的表演人格，看，这就是海明威版约伯。

而塞林格版约伯呢，战争夺去了他的一切：身心的健康、明亮的人生观、爱能的全部储备，回到美国后，他的黑色从衣饰蔓延到家居物品，从生活的外围侵蚀到内核，他开始使用黑色的床单、黑色的橱柜，墙壁也给他粉刷成黑色。他终生地服着这场战争的孝，他把自己埋在一个人造的活坟里——在一个荒凉小镇的边角地带，他用《麦田里的守望者》的版税，给自己买了一个山头，在上面造了一个石头城堡。城堡的地界是二大五小，一共七块墓碑。写到这里，一股森森的寒气已经向我逼来。

他的下半生，都在机械地复制他的痛感小说里的生活模式，一个孩子，被社会秩序逼至悬崖的边缘，逼至旮旯，在命悬一线时，被另外一双童稚的手解救，这双手可能属于比利或非比（《麦田里的守望者》），可能属于爱斯美（《献给爱斯美的故事》）。在小说里，这些孩子随着他的臆想气质和打字机的嗒嗒声，被机械地成批量生产出来，在现实生活中，他则手工制造了这些孩子，来解救他自己。

这个可以解释为什么他的伴侣都极年轻，他的妻子克莱尔，和他在一起时是16岁，情人梅纳德是18岁，他的最后一个太太可林是19岁，她们和他的年龄落差分别是18岁、34岁、50岁。他渐渐老去了，他的择偶观可是永远年轻的。这些小女孩都成长在清教徒家庭，符合他的"纯洁"标准，她们处于人生最敏而多思的裂变期，也赋有自省气质，她们像是一棵棵小树，被沉沉的树冠压得折腰，却不足以自救，以为对岸的男人可以扶持她们一把。结果他把她们从既成的生长秩序上掐枝下来，断绝了新鲜的养料和水，把她们拖进他的小宇宙，他是她们的太阳神，而她们不过是他的流星雨。他给她们规定了唱片、读物，甚至电视频道和衣服牌子，还有待客名单——这个名单里的人数从没有高至两位数。我想起他女儿写的回忆录，"小时候，我家里的客人，全是米高梅公司生产的"。也许这就是人间版约伯对上帝的报复吧：你让我的世界崩塌了，没关系，我可以关起门来，反手做个小型的上帝。

而这些被他制造出来的新一轮女约伯呢？她们得用他的眼睛去看、用他的耳朵去听、用他的思路去想。她们，准确地说，她们本人已经没有了，她们的自我已经被他压扁成一块活体反射板了，反射他的语录、他的情绪、他的观点。而她们得到的，是寒流骤来的冬日，趴在窗口，看一日早于一日的日落，在冬雾里被模糊掉的湮远的地平线，永远被隔绝的室外生活，室内只剩下桌子上摊开的花生和瓜子，非交流状态的对话，看不完的40年代老电影，人造的怀旧气氛，那是这个老男人给自己青春期保鲜的方式。在过时的台词里，屋里漾开一个老年人昏昏的睡意，肩膀上靠过来一颗白发纷呈的头颅，随呼吸发出老人的恶劣口气——这一切，对一个孩子，是何其残酷。

她们必须忠于自己的"孩子"意象，一旦她们出现不纯洁的征兆，比如他的妻子和情人怀孕，或是作为他的女儿，居然胸部开始发育，来了月经，他就冷落和驱逐她们，因为她们伤害了他的纯洁理念。这个半疯的上帝，他以毁灭他人为代价维持自己的生存，他在自己的死亡中死去，还要别人在他的死亡中再死一次。最后，他手中的"约伯们"，都先后精神崩溃，她们的选择是：要么把自己的人格溶解在他的人格中，比如可林；要么加速从他身边逃离，比如克莱尔、玛格丽特。后者也是一种自救本能吧，然后，她们像戒毒一样戒掉对他的爱情、对他的病态需求、毁灭性的寄生习性，在废墟上一砖一瓦地重建自己的日常生活。

第四辑

日常生活的
质感

离开的那天，正好是寒流南下，他送我去搭机场大巴，天是结结实实地冷，他和我，是结结实实地相对无言。坐在候机厅里看到的南京天空，已经开始有点雨雪霏霏了，以至于到了云层之上，骤来的白亮日光，在看惯了冬日惨淡阳光的眼睛里，竟带了杀气，像白刃。我想，好了好了，我就要飞过身下蚁行般的中国东南海岸线，以及和这条海岸线平行的降雨带，还有这块灰色的雨区，我就要看见我的大海了，我想了它两年，请原谅，我知道我年已老大，抒情应该节制与深沉，我只是没办法解释，关于我的渴。

飞机降落时，机场的草地绿意就比南京盛得多，像是从冷色调的荷兰画派中起飞，降落在拉斐尔前派中，红花照亮离人眼，绿树翻滚如碧涛，浓烈、饱满，想起一篇小说：《耳光响亮》，这么大方泼墨的热带色彩真是扇我这个南京姑娘的耳光。熟练地搭上机场小巴，熟练地循迹找到当年的旅馆，熟练地推开半朽的老式木头窗，楼下的香樟树已经长得青葱逼人。小时候看谁谁的一篇小说，说她家楼下有一棵大树，叶子茂盛得让她感觉像绿涛拍岸，当时感觉这个女人真是忒矫情，原来，闽南的春天确实是这番盛大、早熟和汹涌。我觉

渴

得……渴。

放下行李就去看海，时已黄昏，公车在暮霭里穿行，行人三两拎着菜篮，情侣依傍而行，我这个愉快的单数，换了单衣，跳上82路车，坐到珍珠湾下来。我想这片海，想了两年，待见到了，却完全不是我记忆中的模样，记忆中的它是淡墨泼就，像中国水墨画，满蓄风雷的沉沉暮气，仅有的留白处是天地间的沙鸥，可是眼前的它，却是温柔的灰紫色——勿忘我花失了水分，纯蓝墨水写就的情书，笔墨褪色之后，就是那种温柔的灰蓝色，它温柔得让我想落泪。

心里有首诗的碎片在拍岸："我向往水手们的爱情／亲吻然后便离开／留下一个诺言／然后一去不复返／每个港口都有女人在等／海员们吻她们／然后便离开／到了晚上／与死神躺在一处／大海是他们的床铺。"——是聂鲁达，为大海而生的诗人，他写这首诗时只有19岁，他深爱的这个女人，他叫她"玛莉松布拉"，意思是大海和阴影。他的情焰灼灼逼人，她呢？却像海水一样，是个迟钝却温暾的介质，甚至，她的反射弧比海岸线还长，他爱了她十一年，等不及她的阴影退却就走了，而她呢，却把这段爱保温了一辈子。

聂鲁达写这首诗时只有19岁，诗里的绝望却是他一生的爱情底色，19岁时他就洞穿天机，知道所谓爱情是不存在的，我们从来就不是和什么具体的人恋爱，我们只是与孤独周旋，所有的爱情都是海员的爱情，不管岸上有没有人在等我们。这首诗先是让我绝望，然后是幸灾乐祸，一个19岁就洞穿天机而且挥霍谜底的人，的确是太任性了，活该他后来命运多折。去国离乡，又得不到他心爱的"大海与阴影"，为了解孤独的渴，干脆娶了个连语言都不通的女人。最后把这个女人也连带逼疯了，半夜里拿被子蒙了头狂吃饼干。什么叫饮鸩止渴？这就是。

他还为他的大海写了这个"我记得你恍如那年秋天时的模样／灰色的贝雷帽／平静的心／你的眼里／黄昏的颜色在搏斗／你灵魂的水面上落叶纷纷"。他深知这个女人的水性：不是水性杨花的水性，而是——你灵魂的水面上落叶纷纷，这个女人的气质静美如雨前的大海，深情在睫，孤意在眉，落英缤纷，只映衬出她的不动声色。你投放再多的热能，她也是吸纳不惊，然后，在你已经冷却的时候，她还微温着。这样的女人，这样的水性，是有毒的，如果你无法得到，就会终身制的渴。那种渴，你只能躺下，把脸转向一整面大海，才能微微地缓解。

而大海呢？所谓的大海是不存在的，我怀疑，我在岸边的碎砖石里跳着走，浪一口口地咬我的裤脚，所谓的大海，是不存在的。它没有形状，无可比拟，它只是含在唇齿间一点咸湿的腥味，它只是衣角被风吹起的一点起伏，它只是岸边沙地里，风化半朽的一堆灰白船骨。当我们背对人群的时候，我们自以为"面向大海，春暖花开"，其实不是的，我们更爱的，只是这个转身的动作。

突然想起车开的时候，透过结了水汽的车窗，看见你在做手势，一开始是用拇指和小指，翘成一个听筒状，然后是两手的拇指和食指，拼成一个四边形——第一个手势是说到了以后给我电话，第二个是说钱不够我给你卡里汇过去。这是我和你在一起的第八年了，所有的示爱都可以浓缩成一个手势，或是眼帘微微下垂的一个角度。我们全身都布满默契的开关，语言已经沦为装饰物，我懂得你，并且我深爱你，这个世界上的一切，都是无序、不讲道理、让我害怕的，唯独你。可是即使是对你，我也无法解释，那种渴。

所以，我飞到一千里以外的别处，陌生的屋子里，床头异乡人留下的体味，春意深深的空气，叫不出名字的南国植物，芳香强劲的微辣气味。夜来饮水机烧开水之后的咕嘟声，打错的一个电话里，零星的闽南语，平仄分明的上坡又下坡，在夜里听得分外惊心。这一切，孤独的注脚，都在解我的渴。然而另外一些渴又随即而来，手指渴了，它摸不到熟悉的键盘；舌尖渴了，它被闽南二十几摄氏度的高温弄得汗意涔涔，满大街游走，寻找降火的王老吉凉茶；脚步也渴了，它在中山路段，彻底被那恰如芳草，更行更远还生的道路弄晕了。

在买到凉茶的那家地下小超市里，一台旧电视正在放《新闻联播》，天气预报的声音浮在沙沙的杂音里，"华北、黄淮、江南，已经大范围地降雪"，"江南"二字，让我惯性地转过头去，直直地对着电视屏幕。那里面，大朵大朵的雪花，无比端庄而又怔忪地飘下来，我看看左右，脚着靴、身着裙、手上环珮叮当、一身亮色衣服、三两喧笑而过的闽南少女，我知道，没有多久，我就会开始渴念江南湿雪的那股子清淡的体味，天地如洗的寂灭感，雪松、灰瓦、白墙……寂灭之色的古都，着寂灭之色衣饰的行人，还有我寂灭的爱情。

而这一切，果然很快就发生了。

落樱情节

在我看来，岩井俊二电影里的唯一一个主角就是青春期——《四月物语》里暗香缓释的青春，《关于莉莉周的一切》里的狂飙的青春，《花与爱丽丝》里谎言怒放的青春，《燕尾蝶》里受挫断翅的青春，《烟花》里秘密开放的青春，岩井俊二电影里的配角才是与青春期平行的爱情，而正如我们所知：爱情也好，青春也好，都是具有强烈挥发性的芳香物质，想要长效保鲜的方式无非两种：一是把爱情的载体，也就是肉体这个容器打破——就像《失乐园》里凛子和祥一郎，为了杜绝爱情的衰败，在其达到顶点的时候双双服毒自杀；二是让这种爱情变成某种植物性的存在，摒弃肉欲的成分——《花与爱丽丝》里没有男女肉体短兵相接的场面，反复出现的倒是那些少女习舞的镜头，岩井俊二电影画面的油画质感，以及他对肉体的态度，都有点类似于嗜画舞女的德加，是审美的、礼遇的，甚至常常是将肉体悬置不用，然后，赤手为青春作传。

《花与爱丽丝》里的爱丽丝，和《四月物语》的卯月一样，都是五官精致的女孩子，长得冷香袭人，干干净净的一张脸，上面只有挥洒无度的喜与怒，那张脸带着中世纪圣母像里的那种无欲无染的空气，好像都没有被现代文明催熟过似的。这张青春逼人的脸，比一切的道德律都有说服力，因此，我们可以原谅她的贪欢——每一场青春都有自己的发疯形式。我隔着镜头，看这个女孩子梳着麻花辫，穿着黑校服、小白袜，横穿过茫茫的雪野，看着她把纸杯套在脚上代替舞鞋，翩跹自得的缤纷舞影，就像看到一棵绿色植物在日光下拔节生长，青春的体香漫溢在情节之中，虽然那情节不过是顶稀薄的一点写实空气，几乎是经不起推敲的。

故事里的花与爱丽丝是好友，她们一起走过青春期这个漫长的金色甬道，在甬道两边散置着一些闪闪发光的日常琐事——火车上遇见的帅哥，周末看的一场恐怖片，打打闹闹的芭蕾课——她们几乎是结成了生命共同体，在很多事上都有情绪共振，比如说她们都迷恋偶遇的帅哥，不过爱丽丝的性格较外向些、是挥发性的；花则是内敛的、密封度高一点，也正因为如此吧，在沉默中，这个暗生的情愫被她打磨得异常精致和尖利，只等时机一到就要出鞘。

花开始天天尾随那个叫宫本的男孩，设法加入了宫本所在的相声社团。某天，如往常那样，沉迷于相声研究的宫本，手持文库本小册子边走边看，竟一个不留神撞上了一道铁门昏倒在地，醒来时出现了短暂性的"记忆丧失"。而每日潜伏在宫本活动半径附近的花，适逢此时此景，急中生智未容细想，对着刚刚醒转的宫本，便撒了个不大不小又祸害无穷的谎，说：

"我是你的女友，你曾经求爱表白过的女生。"自此，故事开始微妙展开。宫本将信将疑之下，也只好配合花开始了一场从谎言开始的伪恋爱，可是这个恋爱的剧情流向却脱离了她的控制，自行发展了：协助参加这个无稽谎言的爱丽丝，反而让宫本一见钟情了，于是风云又起，花只好将错就错，说爱丽丝是宫本的旧日女友，然后三个人就在这个谎言的迷宫里漂流着，这真是行走在悬崖边的爱情啊！就好像是：谎言和爱情紧拥着跳贴面舞，在越来越快的旋转中，这个谎言随时都会把爱情沿切线甩出去。

岩井俊二的导演风格是那种学院派飞行员的风格：有人告诉我，飞行员也有不同的驾机风格，学院派驾驶员都是让飞机徐徐起落像放风筝，而开过军用机的驾驶员却是作风强势，起落时幅度很大，让乘客瞬间失重。岩井俊二就是前者：叙事温和，情节起落很小，不会让你有跟跄的感觉。在情节线的骨架上，还横生了一些精致的细节。当我们看见爱丽丝被星探挖掘后，一次次去奔走试镜，在镜头前生涩、无措、张口结舌的样子；当我们看见她被导演、制片奚落挖苦时，我们的心里怎么能不涌起一阵温柔的牵痛呢？因为这个故事的主角——青春期，是我们每个人都熟识的，我们天天都要经过这条叫作青春的单向街，扑面而来的街边风景都是我们熟知的。而生活，有时粗糙得像是一双戴着铁手套的手，在揉捏我们的心。

从影片中我们模糊地知道，花与爱丽丝都是和单身母亲生活在一起，也就是说，他们都是在阴性的环境中长大的，为了祝贺爱丽丝升入高中，爸爸请她吃了一顿饭，两人相对无言地枯坐着，处于非交流状态之中，连身体语言都是：爸爸向前凑近，半成年的女儿则连忙闪躲——女儿已经瞒过了他的眼睛，偷偷地长大了，他简直不知对这个暌隔已久的女儿说什么好，然而回忆还是在一点点升温，他们絮絮地说着一些日常零碎，也正是这些往昔的丝缕回忆，结成了一张轻而结实的网，把他们的亲情打捞上来了。最后爱丽丝用爸爸刚教会她的陌生语言——中文说"我爱你"的时候，我们知道她是爱他的——在一个比语言、比回忆更深的地方，在昏暗、蒙昧、不透光的意识深处，她是爱他的。

爱丽丝和花带着宫本共同踏上寻找记忆之旅，实际上，爱丽丝把自己对爸爸的温情回忆折射其中了，她带着宫本去海边玩纸牌，这是童年时爸爸带她去过的地方，甚至连剧情也重叠了，同样在海边，一阵海风把牌吹走了，只是这一次，手忙脚乱去捡的这个人是宫本，他还偷偷地藏起了爱丽丝的红桃A。爱丽丝脱口对花说："今天，让宫本属于我好吗？"花立刻奋起捍卫自己的爱情，花和爱丽丝在沙堆上扭打起来——少女友情中背光的那个阴暗处开始露出獠牙……爱丽丝发现自己爱上了宫本，这场建构在谎言上的爱情越来越泥泞起来，她带他去划船，坐电动玩具，带他去茶室吃海藻布丁，仍然是复制记忆中的父爱。当宫本识破了谎言，用藏起的那张红桃A向她示爱时，她哭了。新生的爱情枝叶覆盖了记忆和谎言，最后爱丽丝用爸爸刚教会她的中文向宫本说"我爱你"的时候，我们知道：那一刻，她是爱他的，他们已经被自来的爱情说服，委身于这偶然的幸福了。

这不是一部鲜艳的电影，也不是一桌视觉的盛宴：充斥画面的尽是俭省寒素的植物系色彩：晨光熹微中的雪野是苍灰色的，少女的芭蕾舞裙是羽翼胜雪的白，此外还有四月的樱花，颜色像初雪。樱花是岩井电影中高频出现的抒情道具——正如我们所知，这是一种开起来不留余地的花：生得热烈，死得壮烈，花期极短，因而它是没有衰老期的。在日语里，樱花的寓意就是"殉青春"——盛大开放的青春，渐行渐远的青春……树下落樱如雪乱，拂了一身还满。

是在折扣书店看到这本书的——团伊玖磨的《烟斗随笔》，名字很闲适，装帧很闲适，略翻两页，老先生的笔法很闲适，叼着烟斗的侧脸也很闲适。另外，价钱也很闲适啊，78块钱的书磨到20块就成交了，如此之大的降幅，见便宜不占，实非人情。就抱着20块的期望值去看好了，想想看点日本的风土人情也值嘛，结果倒有点意外之得。

《烟斗随笔》是给《朝日画报》写的边角文字。老先生本是个作曲家，这个玩票的随笔倒是写了30年，一直写到报纸停刊为止。能写30年的专栏随笔啊，这个题材库我就很好奇，可是收入本书的百篇文章，既没有时事风波，也没有文坛绯事，内容自有洁净处。文字有点像蔡澜，过场很轻捷，对话短平快，一文论一事，或一物，或一景，文字入口很小，都是边角余事。收口也很小，不太有站在制高点上的道德宣教。一点点人工甜味的温情，很淡，没有浓到《读者文摘》的那个浓度。注意力是个锐角。不过老先生好像活动半径比蔡澜小，更准确地说，是他的阅世心没有蔡澜活跃，他不太倾心于人世的交接和搓磨，他好像更喜欢内向滋养自己的生活。所以他与蔡澜最大的落差

日常生活的质感

在于：蔡写得最好的是人事，老先生写得最好的是物事。

这个老先生真是可爱啊，一个人，除了飞去东京排练和采买日常之外，就是蛰居在一个远离日本母岛的离岛上，那个小岛叫八丈岛，是南伊豆群岛中最南端的一个。书里有这个小房子的空中俯瞰照，一个小小的、半月形的、有很多玻璃的房子，看着这么通透的格局，就觉得阳光一定会很奢侈，身上马上就觉得暖暖软软的，老先生既不订报纸，也不看电视。他生活的调味品是：秋天来的时候，层林尽染，远眺落日，有砂质的红，满园盛开的扶桑，渐次凋落，没关系啊，辛苦栽下的费菜马上就可以吃啦！防坡林日见枯涩，被风吹得贴紧地面的狗尾巴啊，也枯了，不过没关系，咖啡豆还是有的嘛。春来的时候，可以潜水捉河豚，稻田香飘的夏天，屋后有飞舞的游萤，狗尾巴草又长高的时候，孩子也长高了，每天黄昏的时候，都可以在游廊上看见他戴的小黄帽，放学回家。这就是他与蔡澜的不同处，在那条叫作时光的大河里，他沉在深处，轻触日常生活的质感。

我觉得这就是日本文学的一个美学基点，即"物趣"，不是重在思辨的纵深，而是浮于物质生活的血肉丰实，我看日本人的书，看来看去就是看他们用什么餐具配四时风物，怎样依序更衣，等等。一看到端肃的行文我就发昏，一看到"送紫姬的是一件红梅色浮织纹样的上衣，送花散里的是海景纹样的淡宝蓝外衣，送明石姬的是梅花折枝服"这样的段落，我就去意徘徊，两眼放光。我得说，我对欧洲文学的兴趣在它的血肉，对日本的，在皮毛。

老先生的立足点尽在物，都是琐细之物，比如一支笔，老先生是作曲家啊，写一部歌剧要画十几万个点线嘛，老先生就说了，用日本笔啊，是不行的，因为日本笔的笔头软，是专为象形文字的软笔画设计的；用派克嘛，也不行，虽然笔头坚实，弹力可靠，可是一点温情都没有嘛，下笔的音符都没有表情，非要不软不硬的笔才好嘛。不过，老先生话锋一转，想想古时，那时的作曲家，只能一边削鹅毛笔，一边奋笔疾书，为了防止墨水外溢，还得不停地撒沙子，你现在知道，为什么亨得尔和舒伯特都盲了吧？我能在光线充沛的斗室里，享受纯净的创作欲，还不用削软羽、添灯油、撒沙子，我是多么幸福啊！都是非常微观的"微物"之事，但是人家就有这个耐心去体味，这个耐心又是被缓滞的生活流慢慢冲击出来的，这是一个会用整晚时间去陪孩子捉萤火虫，两天给狐狸宠物洗一次澡，为了喝上手磨咖啡，吃上辣味正宗的花椒，不惜去花几年时间种一棵树的人。悟得生活之趣不在物质的经营而在清减，不在时间的俭省而在浪费的人，才能明白。无聊和"物趣"之间，全看你怎么经营。

老先生不是个文化本位者：日本人在20世纪70年代不会用新式的西式马桶，有一次老先生去和"高尚绅士"们打高尔夫，然后发现球场的厕所里、马桶圈上全是高尔夫鞋鞋底的钉洞，老先生立马愤愤了："高尔夫起码是知道怎样上厕所的绅士才打的！我再也不要和这些穿钉鞋蹲在坐垫上拉屎的人打球了，搞这么多洞洞出来，自己方便了，把别人的嫩屁股不是都戳烂了吗？"我且看且发笑，全书中充斥着这类自得与欢娱，非常孩子气，非常小题大做，什么破事嘛，无趣和"物趣"之间，全看你怎么经营。但是正是这类罗列的细节，被明亮的心境照亮后，发着光，温暖和调味了我们的日常生活。

他好像是那种很懂得怎么最高效地把生活的舒适度调节到位的人，看他的一日菜谱就知道了——"中国茶，日本黄萝卜，烤鳗鱼，泰国米饭，西式煎蛋"，不会去恪守一个什么秩序或理念，把自己喜欢的东西任意组合，才不参照什么成形的生活理念，他的快乐得自于最朴素的肉体感觉，和原欲的满足。在文化上非常自足的一个人，本性简单，就忠于自己的清浅，这样很好。有一个故事很好玩，很能高效传输出老先生和一般日本人的落差：一个名演员为他的演出成功献花，结果这个花嘛，因为老先生大大咧咧地接花手势被打落了一枝，一般人就此就完事了吧，那个女人却特地又在事后补送了一次。她觉得一枝落地，即为不完美，即为不尊重形式，即为不敬。老先生可好，为她的恪于完美所感，干脆叫了一架直升机，在她家上空盘旋数周后，空中撒花还礼！笑得我前仰后合的，什么是对处处恭谨以至于虚伪的礼节的最好回答，莫过于这种戏剧性极强、颇有五代名士风的撒野之举了。

小张让我写下村上春树，说"你知道啦，就是谈一下日本人际中常见的，人与人的关系……反正你知道啦"——其实我根本不很知道，挂电话以后，我就在努力揣摩她的意旨。

我想不通她为什么选村上呢，不要说谷崎和川端康成，就是渡边淳一都比他更日本。村上春树说起来算是个很西化的日本小说家，他最喜欢菲茨杰拉尔德，收集了几千张爵士唱片，开过酒吧，还翻译过保罗·奥斯特，并且有好几年都是寓居在美国，村上要是知道我准备阐述他的日本气质，肯定要气疯了。

那种和式爱情的气息，日本气质……说好听点叫距离，说难听点叫疏离。我也不知道该怎么形容那种东西，上次李博士从日本回来，大家一起喝咖啡，博士说"日本人际很清淡，就是每个人都不会给别人添麻烦。在地铁上，人和人之间都不会对视的。因为平时太压抑了，所以一旦爆发就很变态和血腥"。我问他有没有随身带全家福照片，他说太太不给外人看，我说你太太是日本人吧，他很吃惊，说你怎么知道，我说很明显嘛。

日本人一向是表情节制，用词客套，唯恐

和别人建立很重的关系。注意力节省下来的后果是，对季节天候，还有细节，都非常敏感。你看他们的小说，里面常常有非常漂亮的、散文化的段落，而且都不是对人，而是对物、对景。我想到一个词，可以形容日本人的爱情或人际方式，就是"淡爱"。

但是我总觉得，虽然也是淡的，可是村上小说里的和式气息，和渡边淳一、吉本芭娜娜、川上弘美，都不太一样。

我在想，在日本的村上，却和中国的"80后"颇有些相通处——他是独生子，在那个年代的日本，这是很少见的。小时候他总是因此而自卑，觉得自己是残缺的，找不到归属。他笔下的人物也多背景稀薄，关系网稀疏，无父无母，无兄弟姐妹，家境尚可，和现实没有惨烈的摩擦和冲突，性格有点接近时下的宅男宅女。独住一间宿舍，以最小密度的家具和最大密度的书刊为伴，起床，散步，在阳光充足的露台上吸烟，看书，听唱片，用咖啡机做杯热咖啡，中饭吃浇了番茄酱的意粉，养一只宠物猫。唯一的朋友，也是情侣、爱人、性伙伴。村上笔下最甜美的爱情，大概就是自传体的《我的呈奶酪蛋糕形状的贫穷》。"我"和老婆穷得只能租两条铁路夹住的一个三角地带，平日喧闹不堪，铁路工人罢工的时候，我们就抱着猫咪在铁轨上晒太阳，那是我们最幸福的时候……向阳的村上作品里，我最喜欢这个。

家里又给老公弄乱了，我只找到一本盗版老村上，还是赖明珠版的。读了一半之后，发现村上最喜欢的意象，是风。

《听风的歌》里，好友老鼠是写小说的，他说他去过一个古墓，耳边是掠过树林的大大的风声，把一切都包裹起来，蝉啊，蜘蛛啊，青蛙啊，"我就是想写小说，写那个把一切都包裹起来流向太空的风声"。

半夜，窗外有隐隐的车声，我在想是不是那天T和我说的飙车。突然我思路一转，想起来，村上在《听风的歌》之后几十年，真的写了一篇关于风的小说，就是我最喜欢的、还专门做了笔记的《天天移动的肾形石》，里面有一个叫贵理惠的女人，这个女人自我黏稠，从不舍得把自己放入日常生活的深处，她爱一个叫淳平的男人，然后她更需要一个精神上的巨大活动空间。她带着空白、没有未来的无为性，无意而来，降落到他的生活中，她的身份是空白的，社会坐标是空白的，历史是空白的，他不知道她的住处、职业、去向，只知道做爱时冰凉的肌肤触感、耳语时的呵气温暖、对话时的机灵跳脱、可以在一个人面前完全打开自己的快感……当然，最后这个女人还是失踪了，她要奔赴她的事业，就是在高处，两幢高楼间，搭上钢丝，解开安全缆，这个世界，"只剩下我和风"。淳平再也打不通她的电话了。

每当我被孩子和家务碾压得要崩溃，我就会看看窗外，做五分钟失踪的贵理惠，想象自己是在一条钢丝上走，闭着眼睛，御风而行。然后睁开眼睛，该干吗干吗。

让我特别难忘的还有《象的失踪》，这只象，我一直把它看成村上春树的图腾，大概村上骨子里就想做那么一只大大的、孤行的，又很任性的动物，有自成一体的思想和价值观，追求灵魂的独立和自由，哪天对笼子和栅栏感觉不爽了，就招呼也不打地失踪了。

"人的一生中，有意义的女人，不可能超过三个"，儿时，爸爸这样对淳平说。这句谶语，限制了淳平半生的择偶观，每每在可能性即将盛放的瞬间，他开始在心中倒数，唯恐浪掷了那个限额。三个，不可能比三个更多，好像宿命的阴影一样，使用完了就没有了，所以一定要俭省再俭省。高中时暗恋的女生是一个，大概是踌躇过度，从无形爱慕落实到有形行动的时间太长，以至于给最好的朋友抢了先。之后的两个名额，至今还没有用出去，好像台球手对着最后的两个球犹豫不休一样。所以，他爱女人的缺口甚于爱完美，因为那个缺口，就是他将来离开的契机，有退路的爱情方让他有安全感。

直到遇见贵理惠，这剩下的最后两个名额还捂在手里呢，给，或不给呢？心里又凉又热，忽夏忽冬，有些东西，因为消耗才有其价值吧。呵呵，这是我自己的想法，比如车票，比如午饭，比如处女，比如单身身份。可惜贵理惠这个女人的自我状态很黏稠，从不舍得把自己深入日常生活的深处，她当然爱他，然后她更需要一个很大的自我活动空间。她连给他不安全感的机会都没提供，她带着空白，没有未来的无为性，无意

209

而来，降落到他的生活中，她的身份是空白的，社会坐标是空白的，历史是空白的，他不知道她的住处，职业，去向，只知道做爱时冰凉的肌肤触感，耳语时的呵气温暖，对话时的机灵跳脱，你可以在一个人面前，完全打开自己的快感。只记得这些。

我爱这个小说，八成是因为爱这个女人，这是因为我也是个顽强的个人主义者吧。在人群里浸淫稍久就焦躁不安，饥渴难耐，只想快点潜回自己的深海里去。这个世界真是叵测，每个人接近了看都是千疮百孔，说些甜兮兮的假话互相敷衍吧，这种对称性伪善，或者可以暂且充抵"人与人之间的善意"。偶尔为之也罢了，天天如此假温情，真令人力竭。

所以，《绿毛水怪》里的妖妖，一定得逃回深海做水怪；所以，电影《碧海荧天》（*The Big Blue*）里的男人，也只能在阴冷的海水里，继续辜负岸上那个女人，"你一定要潜入海底，那里的海水不再是蓝色，天空在那里只成为回忆，你就躺在寂静里，待在那里，决心为她们而死。只有那样她们才会出现"。美人鱼不过是个借口吧，只有结实封闭的孤独，才能真正地滋养一个人的性灵，而所有的性灵都很自私，因为自为。

所以，《英国病人》从不离身的，不是那个女人，而是希罗德的历史书，书里有古老流域的名字，沙洲和绿地的名字，他草草画下的地图，随手写下的笔记，比如"在一半的时间里，我不能没有你，在另外一半的时间里，我又觉得无所谓，这不在于我爱你多少，而是看我能忍受多少"，她总要他说话，她需要语言来打捞，让她靠岸，他则厌弃语言，我想他厌弃一切被占有的途径，这个男人，他在遇见这个像小狮子一样长着浓密的金色毛发，轰隆隆开进他的生活里的女人之前，他全部的生活流域，就是这本考古书，以及它暗喻的历史的厚重，在想象力里打开的远古时空，他一度把它送给她，我一直记得他郑重而踌躇的眼神，还有她接过书时，眼睛里的发光的欢喜，一点点跳跃的小光斑。

而贵理惠呢？她的爱情是风，"当你站在高处，你和世界之间，只有风，风以它柔软的意志贴向你，你的脑海一片空白，毫无恐怖，风理解我的存在，同时我理解风，这真是美好的瞬间"。分开很久以后——其实也不是分开，只是一个再也打不通的死寂号码而已了，淳平才知道，她的职业——其实也不是职业了，只是她的生存目的，就是在高处，两幢高楼间，搭上钢丝，解开安全缆，孤身前行，这个世界，"只剩下我和风"。淳平握着手里用不出去的第二个名额，他嫉妒风，嫉妒流云，嫉妒在她耳边飞过的大鸟。她的床上躺着她自己，她卧于她自己的历史之中，这之间，连一把最薄的刀刃也插不进去，他嫉妒。

书名是《天天移动的肾形石》，这个故事是淳平正在写的一部小说，一个外科女医生拣到一块石头，可是她发现这块石头天天都在以它自己的意志移动，她无论怎样也丢不掉这块石头，她把它丢向海底，它还会自己跑回来，她开始废寝忘食，衣衫不解地迷上这块石头。通过这块有顽强意志的石头，她开始意识到万物皆有其意志——其实这是写书的淳平，通过贵理惠的离去明白的事情。更重要的是，他决定慷慨地把第二个名额留给再也不出现的她，"数字不重要，倒计时不重要，最重要的是，彼此瞬间全然拥有对方的感觉"。谶语被打破了，那块肾形石，在某一天，也彻底地消失了。淳平的小说，和村上的小说，套用了同一个结尾，非常完美的肾型故事，具有器官的精致圆熟外形。我将成为谁的倒数第二个、第三个（第一个当然要留给某人，或者第二个也有了），谁又将从此打破我的历史和限数，这是这几天一直在想的事情。

《挪威的森林》，夜里看完了。

"死并不是生的对立面，而是它的一部分。"直子是渡边心里对生命存疑的黑暗地带，他爱直子，就像一个躲在衣橱里怕黑的小孩，紧紧抓住另外一个小孩的手；他也爱绿子，那是这个小孩渴望阳光下的嬉闹、玩耍和明亮的生机。

这可能是村上很打动我的东西，他自我，但这个自我是有缺口的，就好像黑咖啡总会配上热奶。淳平总是想起贵理惠，渡边固然一个人形单影只，可是他也会一封又一封地给直子写信，和绿子躲在伞下热吻，一边看火灾一边唱歌，彻夜守护着失去爸爸的绿子。再回头看那个永泽，他的自我是非常紧实密闭的，永远以自己的逻辑和程序向前推进。他有很多狐朋狗友，人际非常热络，可是他心里，却没有像"渡边——直子"，或是"渡边——绿子"这样几乎把对方视为生之支柱的重心转移。所以他很坚强，他没有死穴。

过去读《挪威的森林》，没有注意到这个结尾部分。这次看得几乎要流泪，特别是玲子和渡边做爱那段。最心爱的朋友死于盛年，"唯有死者永远十七岁"。虽然渡边天天打扫庭院，洗净窗帘，养肥一只猫，把自己体内的螺丝旋得紧紧的，用这些结实的生机之网，努力地想把日渐下沉的直子打捞上来，结果她仍然被死亡抢走了。

渡边一天天地在海边走，胡子长了，衣服脏了，彻夜对着篝火发呆。他觉得不能原谅自己。直到玲子到来，他们用吉他弹唱，一整夜，给直子开了个告别会。之后他们做爱了，四次。

大象与风，最重、最黑的，直子负担不起的青春惶恐、人际恐惧，走到尽处，就羽化成风了。渡边当然得和玲子做爱，就像施特劳斯年轻时爱过一个有夫之妇，一个马戏团演员，后来那女人随团远去，他也知道永远不会再见到她了，他在她弃岸而去的湖堤边，坐了一整夜，之后豁然开朗，积极地投入创作了。我真搞不懂为什么很多人觉得性是脏东西，才不是，《挪威的森林》里，每段性爱都非常干净，不管是手淫还是口交，这和一个人心里的欲念有关。虚无的谷底之后，黎明前最黑暗的时分过去了，一个男人用自己的身体去爱女人，体温相慰，这是一种积极的、温暖的生之渴求。就像绿子，大笑大唱，玩世不恭地笑面人生，因为之前，她用自己的手，送走了爷爷、奶奶、爸爸、妈妈。在临危抢救中度过了青春期的绿子，早已经彻底厌弃了在医院来苏水那种死亡的气味。

所以很怪，在常态下最脏的东西：三角恋爱、性、死亡，在这本书里，却是最干净的，令人起敬和落泪的地带。

村上在书的结尾，最后一句话是"献给我死去的几个朋友，还有活着的几个朋友"。这是他可爱的地方，向死而生，这个重心还是在"生"。

对生命的形而上反刍，村上这个思维的纵深度，和西方作家不能比，但是却比一般日本作家那些清浅的作品，要深刻些。我知道朋友是想让我写他的日本气息，但是我清理完自己的阅读经验，得出的结论仍然是他很西化。

我爱厨房

吉本芭娜娜的《厨房》开篇就写道："这个世界上，我最喜欢的地方，就是厨房了。不论在什么地方，做什么事，只要那里有可以做出食物的厨房，我就不会觉得那个地方令人无法忍受。当然，那个厨房里最好有我用惯的厨具，几条干净的抹布和发亮的白瓷砖。就算天地间只剩下我一个人，只要有厨房与我为伴，我的心就可以得到平静。"

我有很多女友，性格比较宅，她们喜欢在业余时间窝在家里，把房间收拾得美美的，平日在微博和网站上都会关注一些美食账号，订阅一些教习烹饪的电子刊物，按照那些烘焙方子和私家小厨秘典做出美味可口的菜肴，摆在精心挑拣来的食具里，营造出美好家居的质感。参观她们的厨房是很有趣的事，除了常见的电饭煲、微波炉之外，还有玲珑可爱的小家电：煮蛋器、咖啡壶、小烤箱、三明治机，打开小橱柜，里面收着各类香料和调味品。我有个朋友的家，活脱脱就是《瑞丽家居》的日式简约风格，给时尚类杂志采访过几次，去她家做客，确实感觉细节比较到位，配咖啡的是淡奶而不是植物末，吃的是黑糖而非白糖。

有一个网友，是媒体工作者兼专栏作家，平时工作时间也非常自由，她是个可爱的小胖妞，精神气十足，她最大的爱好就是做饭，这个首先是得自家传，她父母都是此中高手。她一家家地逛淘宝店，精心比较各类食材，连出差都是得闲就逛当地的菜市场。有时编辑们开选题会就直接到她家饭桌边，一边吃私家菜一边探讨。在写作这种清冷孤绝的工种里，因着吃喝而有了体温和烟火气，包括她的文字亦如此，非常温暖，夯实，活色生香，生机勃勃，就像一个吃饱了饭的人一样有力气。

又有一个朋友，是因为出国，离家万里，一直读书读到博士都是吃大食堂的她，开始学做饭。一切的精神维度都虚化以后，饭菜变成了最真实的故土。周末她去教堂，因结束后可以吃到教会发的中国菜，交友聚会，大家交际的方式就是各自拿出拿手菜，厨房里剁鸡的砰砰声，拍姜的啪啪声，菜的魂魄在热油刺啦声中被激活，人也是。这荒寒陌生、满耳外文的异乡，一口热乎乎、滋味熟稔的家乡菜吞下去，舌头即刻踏上漫漫回乡路。就像《感官回忆录》里的阿连德说的，"一切记忆都可以循着官能的路径回返"。海外学子钻研厨艺的热情不下于求学，曾经见到一位高手，学生物学的，在啥原材料都难买到的异乡，拿出专业知识加上实践精神，居然用干香菇自制了浓汤宝！

当然，也有很多的厨艺爱好者是后天造就的，婚姻和孩子改造了他们。我很多女友都是婚前婚后判若两人，从"十指不沾阳春水"到"洗手做羹汤"——爱一个人，迁就他的口味，体贴他的饮食习惯，了解他的体质，想着法子变换花样，让他吃得舒服暖心，这里的下厨更是一种缠绵而贴体的爱意。我看某主妇作家写的种菜烹饪文，从早晨变化品种的自制果酱，到晚间日日不同的绿蔬，一份萝卜干都要制作好几种口味的，以满足她那个爱好美食的老公之口味，我觉得这简直是最温柔的驯夫术，这口味给伺候得这么求精，换了老婆可怎么适应？除了男女之爱，更有母爱，有女友为了给儿子做饭，天天坚持天明即起，变换花色，那个配菜图贴出来，把我们都吓住了。

不管在小说还是日常生活中，爱做饭的人通常都很有生命热度。《挪威的森林》里，和冷感精神化的直子成对位关系的绿子，就是爱做料理，为了攒钱买个新锅，可以三个月穿一件文胸的活泼少女；而《蜗牛食堂》的作者则借女孩伦子之口道出："我和这间蜗牛食堂，是一心同体。一旦进入这个壳中，对我来说，这里就是安居之地。"耐心倾听食客的过往，为他人炮制出一款款疗伤料理。食堂原本是用来独自隐遁的，却成为受伤者的桃源。

爱做饭的人，往往也擅长营造生活情趣，利用手边食材，做点清供或是小摆设，在汪曾祺和蔡珠儿的写食书里，我都见过这类低成本制作的低碳小喜悦。比如汪笔下的"萝卜蒜"："用大萝卜一个，削尾去头，中心挖空，在里面埋上蒜，蒜叶碧绿，萝卜缨泛红，冬日里看着赏心悦目，生机勃勃，还有蔡珠儿的'丁香橙'——把一个橙子密密麻麻刺入丁香，风干后吊挂在衣橱或纱帐里，熏香兼驱虫。"

写到这里，要说说我自己了，虽然深谙"抓住男人的胃，就是抓住男人的心"之理，但是我并不下厨，因为我嫁了一个热衷厨艺的男人。男性的厨房观是怎样的呢？我去问了老王同志，他说他最幸福的时刻，就是在厨房做饭煲汤，然后有我在他身边一边看书一边和他拉呱。他觉得做饭很有趣，比如不断尝试新鲜的配方、比例，改良成品，喂饱自己喜欢的人，是件很快乐的事。男性做饭是粗线条的，老王同志烧鸡都是大斩八块，从不细切，恋爱时有次正逢情人节，他炖了锅鸡汤给我喝，是用青萝卜也就是俗称的水果萝卜做配料，炖出一锅色泽暧昧的汤。吃鸡时他一定等我吃完大腿和鸡翅，才把余下的骨架啃掉，比起很多女孩子收到的衣服和化妆品，那些穿肠而过的好吃好喝，是我对他的温暖记忆。

水之书

中午一个人吃饭，炒个空心菜、炖个鱼汤就好了。省下的时间正好用来看书。楼下的锄草机轰轰开了一个上午。空气里都是草汁的苦味。我在非常草本和饱和的幸福感里，读一本湿冷的苦书——安妮·普鲁的《船讯》。书首介绍她是《断背山》的原著作者，当时我心里就想"坏了"，一个作家是很难改变她的抒情套路的，而你又能对一本温情小说冀望什么呢？这部小说，虽然人物容积很大，情节密度均匀，转场清晰，信息交代的方式让人读得很舒服，但仍然没有突破温情小说的局限：还乡和疗伤的主题（《断背山》也是）。奎尔的妻子佩塔尔，背夫出轨时出了车祸，又逢父母双双自杀，身心俱疲的奎尔，决定返回他素未谋面的故乡纽芬兰，重振生活的羽翼。

然而我还是坚持把它看完了，因为这是一部水边的小说，我想我怎么都能原谅一本和水有关的书的，就像麦卡勒斯笔下的少女都有渴雪症一样，她们在热焰逼人的绿色夏天四处游走，只是为了埋首于图书馆里，那些寓意远方的清凉词汇"莫斯科""暴风雪"，让自己生活在臆想的异域里，出于同样动机，我成了渴水症患者，我坚持看完杜拉斯的大多数小说，忍受她的神神道道，也是因为那些故事的不远处，都会有大海在呼吸，她是个亲水的作家。

而《船讯》里的一切呢，都和水域有关。温情小说之常用套路：涂抹情调，使背景丰腴美味，人物在甜滋滋的糖水里泡着，转移读者对情节的注意力，但是这仍然不失为一部血肉厚实的温情小说，我想作者一定花了很大的精力去收集相关的寒带生活资料。读这本书，可以知道水手结的N种打法、寓意、用途，还有纽芬兰从秋至夏的风物气候，人们的饮食习惯，等等。

这是一部水之书，一切都以水代言。奎尔的失败是水——他是个纽芬兰移民的次子。爸爸15岁那年离开家乡，逃离海潮的咸味，岸边腐鱼的臭气，吃不饱的肚皮，大海催眠般的翻滚，暴风雪封门小半年的肆虐，粗皮裤子的补丁，长年不洗澡的恶臭体味，逃离绝望与崩溃。可是爸爸骨血里仍然是个渔民，他一次又一次地，把奎尔扔进满是水草的咸腥水里，结果他的儿子连狗刨式都学不会，还得了惧水症。他不只是失败的儿子，还是失败的弟弟、失败的学生、失败的职员、失败的丈夫。爸爸厌弃他，哥哥欺侮他，老师冷落他，领导开除他，妻子背叛他。少时惧水的失败，像癌细胞一样在他体内扩散开。

他的重振亦是水，他回到故乡纽芬兰，修建好悬崖上的老房子，为自己买了一艘小破船，在冰蓝色的海水上渡海去工作；他的生存是水，他在一家报社里做新闻记者，负责报道船只进出港的船讯；他的死亡是水，50块钱买来的小破船被恶浪击沉，差点丧命；他的爱情是水，他把薇薇压倒在岸边的水藻上；他的友情是水，杰克奋力将他从水中救出，艾尔文在晨雾初散的树林里，找到一棵曲线窈窕的小树，兴致勃勃地给他做一艘永不覆没的新船；他的情敌是水，薇薇一看见大片的水域，都会想到她遇海难而亡的前夫，这种悲伤的疫苗注入她的体内，将她与新鲜的恋情隔绝。

也不仅是他，这书里的每个人都是水的形象代言人。我没有见过北方的大海，但是我想北方的水应该滋养出这样的人物像来才对。姑母是含碱的硬水，小时候被哥哥强暴，长大后又失去了自己的同性恋人，但仍然孜孜地趋光而活，把每一丝角落里的甜味都用力地吮出来；杰克是夏日的风浪，看起来怒涛震天，其实却是满腹侠骨柔肠，他的家族是渔民世家，从来没有一个能以完尸死在岸上的人。他惧水，又渴水，在水里他失去了最心爱的孩子，又是在水里他救起了奎尔，他天天诅咒水，可是一天也离不开水。

试图离开水域的，比如纳特比姆，他厌弃了喜怒无常的暴风雪，他平生的最大目的就是拥有自己的小船，好在平静的水域里优游余生。他的目的地，是暖流环抱的佛罗里达和墨西哥，他是涡流之水。他离开水，却仍然通过水，再奔向水，以水去止住对水的渴。还有一个我不能忘记的老人，他热爱船，结果把自己的棺材都做成了船形，有艏板、船骨、艉座，他做完以后，在船形棺材边安静地躺下候死。像出海口的水，静静地等待最终的回归大洋。

这部小说的真正主角是水，人们枯窘，离去，是因为水：除了渔业无以为生，人们回归，可是离心，也是因为水，石油开采带来经济效益的同时，污染了鱼类赖以生存的水面和古老拙朴的人际关系。当所有的人事，大人物，小人物，都随着流年水痕，被淡淡地冲刷而去时，剩下的，只有一个湮远的大背景，那是无边之水。在时间无涯的荒野里，静静起落的水。

再反弹两下琵琶。因为温情小说的谋利面通常是读者的同情心，为了最大效率、最低成本地启动同情心，它们一般都得用卡通化的笔法、大力调味的手势，在一个人物身上加糖，而在另外一个人物身上加盐，让人物的善恶呈一边倒的对峙之势。比如男主角奎尔，就是一个受害的小白兔，被粉饰得干净无瑕，他忠贞、善意，对恶俗妻子有不渝的爱（除了受虐癖以外无法解释），他的妻子佩塔尔，为了配合显示奎尔的善，只能出演一回大灰狼，被作者牺牲了，荼毒得一点光明面都没有，她自私变态，下流淫荡，背叛丈夫，倒卖孩子——这两个人物坏就坏在没有日常质地。

所以到最后，作者已经收不了场了，奎尔这个人物很好玩，出场的时候被描写得像一脑子烂面糊，思路混沌，任人宰杀，然后在情节发展途中，智力迅速发育到位了，变得丝丝不乱，理性清明，完全具有自救力，这锅面糊被煮成了韧性十足的牛肉拉面，这个倒置的烹饪过程，无法让人信任。但是作者如果不这样写，情节就没有推动力，我想这就是温情小说的弊病所在，是它无法胜出19世纪写实小说的地方，因为它不诚实，诚实不是品质，它是一种高度忠实于现实的能力。在托尔斯泰笔下，不可能看到一个纯粹的、没有斑驳杂质的人物。这篇小说，不是坏在它温情，而是坏在它立意温情。

一直很迷恋师生恋这种模式，也许和我对男人的口味有关，喜欢的男性是这样的配置：年长，经验丰厚，可以滋养我、覆盖我；知性或理性的高度，可以供我仰视；人淡一点，活动力弱一点、钝一点，这样可以激发我的行动力，点燃我的激情。所以《老师的提包》这种书，一定会对我的胃口，这是情理之中的事。又是一本随笔风格的小说，私下一直认为，这是日式小说中的精髓所在：不在情节，而全以文字的质感和细节承重。川上弘美的文字，如清泉细语，又如耳语呢喃，低柔，纤细，丝丝入扣，有细棉布的质地。

情节真是淡，淡如春雪，恬淡的气味，清白的气息，恍兮惚兮，只剩下树影掩映中的几丝雪迹。看了一遍，又复读，还是模糊于它的情节。说不清，道不明。就是一个叫月子的女人，邂逅了她的昔日老师，两个人好像也没什么激情、暴涨的情欲，就是遇见了，喝两杯淡酒，淡话几句家常，然后，各自斟酒，各自低酌，各自付账，各自回家，各自睡觉。一个不停地"老师……""老师……""老师……"，一个不停地"哎""哎""啊""啊"。有时间就约了去赶集，赏花，采蘑菇。全书242页，蓄势蓄到了240页才发展为床事，真是一本有耐心的书。

然而又觉得再应该没有，甚至连这个叙事速度，也觉出了它的理直气壮，根本这就是日常生活的流速。四季流转，日分月兮，爱意渐生，爱意渐涨，爱意拍岸。好像一棵春来的树，绿意是一点点在枝节中长出来的。秋寒四起的时候，随老师去采蘑菇，秋林深处，层林尽染，高下远近都是虫鸣，触鼻是菌类微湿的气味，满目萧然的衰草，月子不禁反刍起平时不会去细嚼慢咽的那个旮旯："世间尽管万物堆叠，与我相关的，也只有老师吧。"这句话，初读时，只觉得淡而无痕的知己感，再咀嚼，竟是"唇齿相依"的惊心。

冬日的黄昏骤来如电，汹汹而至的虚妄感很快把人打湿，月子害怕冬天，害怕一个人的新年假期，读书泡澡整日昏昏，踩着玻璃碎片了，竟也不觉得痛，只想"若老师在，肯定又说我不小心"。我曾经写过，我读托尔斯泰，像困难时期的孩子吃糖，月子对老师亦是，他是她心底的一块糖，心境最苦的时候，拿出来舔一下，甜蜜一下，再收起来。泼墨如水的爱情看得太多，难得看到一个俯首吝惜如斯的，就觉得心疼。

春回的时候，爱意已经浮出水面了，对着老师新交的女伴，嫉妒的锐角刺出来，由爱故生贪，故生嗔，故生占有欲，天下同心，心同此理，这是爱的标志。月子转移嫉妒的方式是找另外一个男人小岛，试图平衡一下，仍然没有面对面的计较。只是不软不硬的距离感，她和老师真是同类项合并。夏天的雷鸣惊心，再掩饰又有什么意思呢，还是大方地伏在老师的膝头说"我喜欢你"吧。流云穿过了暴怒的雨层，天地骤亮。秋寒又来，老师的反射弧也真是够长，他的身体携带他的气味，漫漫辐射过来。月子与他不过是咫尺，心和心，却走不到心里面，一边想呵手试暖，一边对自己的心发出警示音——"切勿冀望，切勿冀望"。因先前累积的重重暗影，最后的那个冬天，真是童话般的结尾，那么奢侈的明亮，虽然突兀极了，老师的钝然，他用俳句啊，师尊啊，大男子主义啊，堆砌而成的距离感，全都被化解了。他突然大幅地回应了月子的爱，大方极了，连本带息的。小气人的大方，有时真是让人落泪的。

师生恋的质地，好像也只能这样，师生的关系，不全然是长幼落差，还多一层伦理的厚度，老师这样的男人，也是我喜好的那种吧——孤独体质，必须在某一个独处半径内才会有安全感的人。他收集了好多旧电池、旧陶杯，夜深的时候一个个摸出来把玩，也是把玩自己的孤独，孤独在陶杯里发出响声，在电池里微弱的呼吸。而月子呢，一个人削着苹果都会哭起来，因为想起不愿意为旧日的男友做家务，唯恐变成某种确定的关系，会给对方施压。孤独的人思路也是重叠的吧，就像老师，像师长一样礼遇月子，好比一个柔软的空气墙，使人总隔着淡淡的距离感，好像是跳某种宫廷舞一样，你进我退，极之优雅的周旋，总有一臂距离之隔。也就是这个吧，把恋爱的流程拉慢了，时间被拉成一张满弓，使得最后一页徐徐而来的爱的肯定，那样势不可挡。

热衷草木的作家

话说中国向来有归隐田园、寄情草木的传统，以此作为修炼心灵的方式。古人与我们已是烟尘久远，就说说近代的吧。周瘦鹃，写《秋海棠》的鸳鸯蝴蝶派作家，其实也精于花草种植。他用稿费积蓄买了一个园子——紫罗兰庵，栽有奇花异树，素心蜡梅、天竹、白丁香、垂丝海棠、玉桂树等。用他自己的话说是，"我性爱花木，终年为花木颠倒，为花木服务；服务之暇，还要向故纸堆中找寻有关花木的文献，偶有所得，便晨抄暝写"，我曾经买过一本他写的《花语》，文人的笔法工雅加怡情养性，实乃中国园艺文学之发端。

不只中国，国外的作家也有回归田园之心。比如契诃夫：和贵族出身、生来拥有土地的贵族托尔斯泰不同，契诃夫是赎身农奴的后代，一直到父辈才被赎成自由身。他自幼家贫，父亲破产后为躲债逃亡莫斯科，他留在家中，变卖家产寄往父亲处，17岁就开始写稿养活自己及家人。他生计负担重，很早就罹患肺病，他因为家贫四处搬家，一直没有固定住所，直到他贷款买下梅里霍沃庄园。契诃夫，这个农奴的后代，第一次拥有了自己的土地，他欣喜万分地给朋友写信，"每天都有意想不到的事情发生，一件比一件有意思。鸟儿飞来，积雪融化，草儿返青"，他每天五点起床，十点睡下，亲自去整地耕种。他给朋友写信买来各色种子，种下了苹果树、樱桃树、醋栗，还有他心爱的玫瑰花。很有趣的是，他种的无论什么品种，开出的都是白玫瑰，别人说"那是因为你的心地纯洁"。

再说个离我们近点的例子吧。台湾女作家丘彦明，她原来是《联合文学》的编辑，后来辞职去荷兰学画，继而隐居田园，过起耕读生涯。她的两本书我都翻破了（当然也可能是因为装订问题，尤其是那本《荷兰牧歌》）。她的草木文字好看，主要是因为：一、她身处欧洲，笔下的很多花草香料都是我闻所未闻，非常好奇；二、她不是买成品切花，而是自种的，从种子购置到萌芽开花，都描述得很细致；三、她受过美术训练，能把整个过程付诸形色；四、她的生活安然却不空虚，是尘嚣之后的隐退，并不是纯主妇式的苍白。那个闲适的"度"恰恰好。

丘彦明雅好园艺，她又定居在荷兰，荷兰人有自己动手修缮房屋和花园的习惯，家家屋前屋后都有园地。丘彦明喜欢美术，她的花圃也很讲究配色，牡丹、芍药、罂粟、荷花、薰衣草、郁金香，此起彼伏，依次开谢。有次芍药盛放，她拍照，画画，还未尽兴，干脆把花瓣铺满各房间地面，铺出一条花径，到哪里都能闻到花香。李欧梵赞美她是当代芸娘，她夫君唐效曾经为她用玻璃刀割破莲子助其发芽，为她刻藏书章，真的有那种精神知己的味道。丘低调，说年轻人不要模仿他们这种小资生活，殊不知，对我们来说，太阳尚远，但必须有太阳。美好意境对人是有精神营养的。

《少女布莱达灵修之旅》里写道："对于人生，有两种不同的态度——建造或耕耘。建造者实现目标可能要花费多年，但终有一天会完工。那时他们会发现自己被困在亲手筑成的围墙里。在收工的同时，生活也失去了意义。选择耕耘者则要经受暴风雨的洗礼，应对季节的变换，几乎从不歇息。然而，和建筑不同，大地生息不止。它需要耕耘者的精心照料，也允许他们的人生充满冒险。耕耘者能认出彼此，因为他们知道，每一株植物的生命历程都包含着整个世界的成长。"丘彦明种地，也是志不在收成，而是从花果菜蔬的生长中学到生命的功课。

据说周瘦鹃是个善于理财的人，而丘彦明也很有幸可以定居荷兰，但不是每个作家都像他们这么幸运能购置自己的园地，有些四处游走、客居他乡的作家，就只能用笔端记录下路过眼见的花木了。比如汪曾祺，他少时生长在苏北，后去云南求学，再后来北上在京剧团工作。他写过很多关于草木的文字。我很难写他，一写就得摘他的原文。他的文字看起来句句都是白话，口语化，但是神来之笔。美在意境、气韵。他的文字说实也实，比如写小时候和姐姐摘梅花，梅花枝多，好踏，要采旁枝逸出、花开一半的，这样插瓶才有韵致，又开得久。这是很简单的白描，但那个场景真美。还有写木香，记得有两排木香长在老家运河两岸，搭枝成头顶的花棚，再回去问，老家人都说没有——恍如梦境，简直是桃花源嘛。

还有叶灵凤，我很喜欢叶的草木文字，虽然很多人觉得他文字有点粗糙。有次我无意翻到一本旧书《拈花惹草》，书里选得最多的就是汪曾祺和他。在汪曾祺那种写意清丽，几乎是"温泉水滑洗凝脂"的文字映衬下，叶灵凤确实是肤质糙了点。但他就像毛姆说德莱顿"一条欢快的河流，流过村庄、城镇、山林，带着户外空气令人愉悦的气味"，不失文义的活泼。他写得多而广，在上海时就写江南植物，到香港就写岭南的。一路走来一路看，见识广，文字直接，细微处也不乏幽情，我一直记得他写小时候的寂寥，就是在一个夏日，看着一株鸟萝爬藤。还有他写木棉，"花开在树上时花瓣向上，花托比花瓣重，因此从树上落下，在空中保持原状，六出的花瓣成了螺旋桨，一路旋转掉下"——树下观花落的那个人，必有颗闲寂的心。

还有周氏兄弟。在我的成长期，网络尚未兴起，甚至连出版业都不太兴盛，依稀记得，我能读到中国的港台文学，还有欧美文学，都是20世纪90年代以后的事。我们那代人，以国民教育课本为主要读物。大多数人的记忆里，应该都滞留着这样强制背诵的段落吧："我家的后面有一个很大的园，相传叫作百草园……不必说碧绿的菜畦，光滑的石井栏，高大的皂荚树，紫红的桑葚；也不必说鸣蝉在树叶里长吟，肥胖的黄蜂伏在菜花上，轻捷的叫天子忽然从草间直窜向云霄里去了……"话说有一年我去绍兴，特别仔细地看了百草园旧址，那大树倒是在的，依稀也能看到菜畦的痕迹。因为季节缘故还没结出毛豆，而那棵"高大的皂荚树"，经植物学家比对，确认其正身为无患子，也就是绍兴人口中的"肥皂树"。

周氏兄弟都爱植物，相比鲁迅，我倒觉得周作人在《鲁迅的故家》《知堂回想录》里，写到的草木文字更为朴实有味。再说周建人，他是家中最小的儿子，两个哥哥都远渡东洋求学，留下他侍奉老母。他不甘荒废学业，想自学成才。鲁迅认为其他专业都需要实验器材，只有植物学，漫山遍野都是花草，硬件要求较低，于是寄了几本参考书给他，他就自己背了标本箱，自行上山研究，居然还真成了生物学家。

邓云乡也爱花，但他爱的花都比较家常。他的文章胖乎乎，但又不同于丰子恺的胖。丰子恺的文章是一个白胖妇人，一个意思可以兜兜转转走很远；邓云乡的实用信息要密集很多，是个大骨架男人。他是红学专家，在写植物时也常常考据溯源。他和周瘦鹃不一样，他的文字比较阔朗，没有雅士之逸致，也不栽花种树，笔下常见的不过是些平常的华北树木，幼年山乡里的杏树、胡同里的槐荫，顶多看见小盆栽比较漂亮时会顺手买两盆，或是过年节插点梅枝之类。那代文人里，老舍也爱植物，而且会养，这是我看汪曾祺提起的，说老舍的爸爸是花匠，他自幼承袭父辈的爱好，很会侍弄菊花。新中国成立后老舍当了文联主席，也会喊同事们去看。

再说说国外的作家吧。黑塞有几本很难忘的书，荡漾其中的，是绿色的静意。之前读《堤契诺之歌》，对其中的景语颇难忘。诧异黑塞可以用那么多的笔墨去描摹一朵云的胖瘦变化，一棵树的春萌秋凋。后来又读《园圃之乐》，倒是读出了绿色诗情之后的背景色，也就是疲劳感。德国发动的世界大战，人文灾难，还有黑塞的反战立场，让他失去了苦心经营的家园、农庄、国籍、亲人、文学前途。他一个人蜗居在异乡的陋室里，漫漫冬夜，离群索居，备尝人间冷暖。形单影只，孤身坐在火炉边，他用旧园里带出来的一把小刀削木头，然后投进火炉，看着炽热的红火中，自我、雄心、昔日的荣华，一寸寸烧成灰。有一天，他丢了这把小刀，感慨纷纭之后，又自嘲道，"看来我的处世恬淡，还是根基肤浅啊"。带着这个背景，看他的田园日记，才明了那种大难之后，对微物琐屑的自珍。这就是光影效果，真正疲倦的人，才知道休憩的好。他们的爱向下扎根，归隐田园，那里没有政治风云，没有人事对流，没有难伺候的读者，没有挑剔的编辑，没有浮夸势利的官宦。

又如恰佩克。他写过一个很有名的园丁日记，说园丁可不是闻闻玫瑰的香味而已，他是要历经四季的艰辛，从春天的积肥，收集尿肥、鸟粪、烂叶子、蟹壳、贝壳灰、死猫开始，到夏天不能出游，守着植物浇水，一直到冬天，万物凋零，园丁最大的享受就是在暖炉边看植物商品目录。他有一个园丁的灵魂，无论是在戏院喝下午茶，还是在牙科诊所，都能嗅到同类气味，找到同道中人。两个衣冠楚楚的绅士，从今天天气，慢慢聊到人工堆肥和害虫。

英美有个文学流派叫自然文学，里面的作家都是热爱大自然的。比如梭罗，有次无意读到他写的《野果》，这本书让我很吃惊，《瓦尔登湖》里那个大谈人生哲理、不断对现代工业社会及人际发出鄙夷之词的梭罗杳无踪影，取而代之的，是一个在帽子上安了储物架、用一本琴谱收集标本、执一根手杖丈量土地、能够识别矮脚蓝莓和黑莓、品出野苹果和家苹果酒、对植物的地理分布洞悉于心的田野观察者。

又如惠特曼，他在战争中，因为长期劳累，于1873年得了半身不遂，终身未愈。这病中的20年，他一直与树木、鸟儿及大自然为伴。如果说《草叶集》里我们看到一个诗情四射的惠特曼，那么在《典型的日子》里，则是一个安静与自然为伍，用纸页满载太阳光辉、鸟儿欢唱、青叶芬芳的惠特曼。有的篇章，就是写一棵树，比如《一棵树的功课》《橡树和我》，还有的就是写鸟。他的文章名字很有趣，有一篇叫《鸟与鸟与鸟》，另外一篇是《毛蕊花和毛蕊花》，就是白描动植物。《鸟与鸟与鸟》里罗列了他目之所见的鸟的名单；《一棵树的功课》里，是列举了树的名目。他写午夜12点钟接到朋友的电话，告诉他将有迁徙的鸟群飞过，他推户，开窗，在夜晚的香气、阴翳和寂静之中，辨析着各类鸟群的细微区别。巨翅扬起的沙沙声、凤头麦鸡的啼叫……虽然只是淡然白描，横铺景物，但是读得静气顿生。

还有一些作家，其实是兼跨自然科学和文学两个领域，比如农学家出身的潘富俊。我最早看的草木书就是他的《诗经植物图鉴》，然后对这类文字入迷。潘是农艺学博士出身，有学术底子，又精研古典文学。他用的是简笔，勾勒出这类植物的形色特征，结合文学作品做出点评。按他自己的说法就是，"文学和自然科学本是两个不同的领域，但古人多识鸟兽草木之名，文学作品中也常借草木特性来讥讽时事或赋志抒情，所以两个领域就有了交集，这也是作者以'植物观点注解文学'的初衷"。潘字简素但素净有神。迥异于一般科普类的植物辞典。

另外还有一种对植物的热爱，属于"手边的乐趣"。买过一本日本人林将之写的《叶问》，是按照叶子的颜色、外形、大小来识别树木，文字清新有致，手绘插画也很可爱。书的篇首就说，"若是知道身边树木的名字，散步或上下班会变得快乐无比"——我就是心仪这种"附近"的气质，离日常生活不远，出没心灵闲地的闲趣，又没有远到隐居深山的绝尘。这类的作家，还有永井荷风，他的《晴日木屐》是我喜欢读的，他也常常会写到散步途中路遇的树木和花草，他对细节的留心，使文字贴地亲切，他能记住神田小川町马路上穿过香烟店的大银杏树，也知道哪家有一棵椎树，而且他不会给花木分等级。

"市内散步，比起热闹的大街和景点，更喜欢日阴薄暗的小巷和闲地。闲地是杂草的花园：'蚊帐钩草'的穗子如绸缎般细巧；'赤豆饭草'薄红的花朵很温暖；'车前草'的花瓣清爽苍白；'繁缕'比沙子更细白。比起所见树木，我对路过的闲地上所开草花，更加感到一种情味。"

女性天生亲近草木，爱花的女作家可谓层出不穷。比如梅·萨藤，在中青年激情洋溢的情感生活之后，到了晚年，她独居在海边，远离喧嚣纷纭的人事和情事，将感情散布于山水花木。她爱花，种了很多花，她精心料理她的花圃，每天采摘一些鲜花插在屋子的角落里。绣线菊、粉红罂粟、日本蝴蝶花、牡丹、洋地黄，这些花草出没在她的日记里。她尤其喜爱蓝色的花，在《海边小屋》中，她写道："为什么偏偏是蓝色？蓝色的花儿，阿尔卑斯山下的龙胆花，夏季园圃里的飞燕草、勿忘我、千日红——似乎最为瑰丽。我也被蓝眼睛吸引。还有天蓝，安吉利可画中美妙的淡蓝，皑皑白雪反射的隐隐青蓝及蓝鸟。这些都是我开车穿过堤坝看见那只蓝鸟的羽毛想起的。经过阴霾的几天，海水的蓝让我喜悦。"

在花木相伴之中，她写了《海边小屋》，这本书我读了几遍，梅·萨藤吸引我的既不是思辨也不是写景，而是这些按比例混合而成的一种生活方式。她写的不仅是日子的素描，更是某种经验的梳理，从强烈的感情生活归于清隐，爱意缓缓滴入花朵、园艺、动物……不管见识高低，一个人深度整理和收拾自己的内心，这事本身就很迷人。

又比如美国有个女作家叫西莉亚，她是一个灯塔守望者的女儿，6岁就登上离陆地10公里的孤岛生活。那个岛上没有商店和树林，只有灌木丛与野花。她住在一个石屋里，然后开始种植自己的花园，在荒蛮的海岛上，每株小草都非常珍贵。她曾经痴迷地趴在地上看着金盏花开，又用船引进花种，拿半个鸡蛋壳培育花苗。她是个天生的园艺家，在她长50米、宽15米的花园里，曾经有150多种花草。她的一生跌宕起伏，嫁了个有慢性病的丈夫，后来拒绝回海岛，她就带着智障儿子回岛上生活了。每年夏天西莉亚会召开海岛文化沙龙，把波士顿的文艺名人邀请到海岛上来，客厅里布满她种的鲜花。天花板上悬空有个大海螺，里面绽放着金莲花和紫罗兰。即使是在人迹罕至的孤绝之中，也能安居内心一隅，枯荣自守，正如植物。

万物有灵且美

这次我要谈"动物保护者"——这个话题的缘起，是因为最近在看一本书，朱天心的《猎人们》，写的是朱氏一家人喂食及收养流浪猫的事。不是宠物猫狗，而是街猫。我模糊地回忆起，平时在小区路边，也偶见流浪猫狗一闪蹿过，彼时也只是冷漠而去，留在心里的时间，并没有长过驻留在视网膜上的。然后我读了这书，才突然感觉到，动物，原本就是和人族共享世界的，不能由人类占尽自然资源，而不给它们留下空间。它们并不只是生物链上处于下端的一种劣势群体，它们也是有痛感和生存权利的。

带着好奇，我自己寻找，并请朋友介绍了几位动物保护者。第一个是小王，她自己是做市场推介的，从小家里长辈就饲养动物，她对我说这个很重要，因为老人老是传达这类信息给它，就是动物也会痛苦，她自幼就没有像别的小孩那样戏弄小动物，踩蚂蚁，撕虫子。小王说有善心的人也很多，一个朋友在路上捡了一只流浪猫，去找水果店老板买箱子装，老板立刻送了她一个，想要找私家车搭载小狗去医院（因为狗浑身脏，一般出租车不肯搭），立刻获准。医药费太高，她在网上求助，很多人捐款，还有人特地去她公司找她聊天，给她2000元现钞。最后小狗找到了主人，他们至今关系很好，会互相发照片聊天。

小朱是一个建筑师，有天回家的路上，无意看见一只小奶猫，一只高跟鞋从那只猫上方一掠而过，她想那它不是迟早会给踩死？就是一个闪念，她开始了漫长的喂养流浪猫的历程。她把养猫日记给我看，那些细节超乎了我整个缺乏饲养经验的人的想象。她用鞋盒给猫做了窝，整夜开着灯给它取暖，拔了楼下的自行车气门芯做奶嘴，手机定时，四个小时就起来喂食一次，耐心调奶温，买不到猫奶粉就用婴儿的，牌子换了好几种。有一天太累了七个小时没有喂奶，猫猫很衰弱，她用自己的肚皮给它取暖。

小邱则是一个媒体人，家里收留了九只流浪猫和一条狗。我和她短短的交流中，她说没有什么特别有意思的事情。印象比较深的倒是，她一直在叮嘱我，如果付诸笔墨的话，记得要提醒大家，不要过度接近猫狗，让它们对人类产生信任和依赖。免得被居心叵测的歹人利用，去投毒和诱捕。这个观点是正确和充满疼惜之心的，我觉得作为人类的一分子，简直有点难堪。看过叶兆言的一篇小说，叫《可怜的小猫》，一群坏小孩戏弄一只小猫，把它扔进水里，小猫就拼死往回游，一次次，又被重新扔回水里，它的肚子越胀越大，慢慢沉下去，很多年了，我不能忘记这个小说，不能忘记它的残酷。所以小邱喂流浪猫，都不会去真正接近它，而是没有特定对象的，随身带一瓶猫粮，看见有饥饿的小猫，就远远地放下就走，怕建立感情。

我问了小王一个很低端的问题："肯定会有很多人责问你们，现在很多困难地区人都吃不饱，你们还照管动物？"她说："是的，这是我们通常会遇到的一个质问。"关于这个问题，明星公益爱好者孙俪说得好："我爱动物，也帮助人，这不矛盾。"是的，在这个救助问题上，无须排序，每个人都只能救护自己手边的弱势群体，猫狗、老人、妇孺或失学儿童，这是一个对弱势群体的态度问题，一个欺凌弱势群体比如小动物的人，必定也会怠慢底层和老弱。有科学研究表明，一个虐待动物成性的人，进而也会虐人，因为他需要加倍快感的刺激。

在上海等地都有保护动物的义工团，大家目前在推广的理念就是"以收养代替购买"，避免猫狗过度繁殖，在网络积极发布捡来的猫狗信息，寻找合适的有爱心的领养者。签订收养协议，定期回访。近年来在国内也开始有TNR的团体，即结扎完毕后把猫放养回原处，这样单位面积里，不至于数量过多，造成互相倾轧及伤害。这种方法貌似灭绝猫性，但是也是出于爱护的动机。动物保护者小杜说，在她的小区，母猫发情的叫声让居民生厌，为了自己耳目清静，虐杀棒打无所不用其极。她们给猫猫搭了窝，结果又给人恶意拆除，挡上防雨布，还有人往里面扔石头。

朱天心在书里写，她在希腊旅行时，岛上的猫都是肆意地晒太阳，一点都不惧人（在村上春树的希腊游记里亦有类似描述），欧洲的猫甚至会摊开肚皮让你摸，这种信任和安全感，和国民普遍善待动物、爱惜生灵，是有关联的。而在大陆和台湾，流浪猫因为受过骚扰和伤害，一般都很警觉，戒备人类，神经质。西西的书里则写道，内地的动物园，根本不尊重动物，食草动物和它们的天敌做邻居关在一起，都吓得半死。一个国家的人是否爱护动物，也是民众素质的表现。

有次，朋友提到了我和某某，我想了下说："他是作家，我是文青。这是属性的不同。"诚然，我出书，写专栏，但我仍然认为自己是个文青。不仅如此，我的大多数朋友也是文青，他们甚至每日接触文艺作品，但不是职业文人。在日常生活中，他们都从事着主流的工作：医生、律师、金融从业人员，等等。当他们漫步在大街上，淹没在人群中，或是碌碌于公务时，马上会融入周围的环境。但是当他们独处或偷闲，从随身包里掏出一本书来，或是在网上写段文艺的微博，或发张唯美的图片时，你会立刻辨识出来，这是一个文青。那种气味，不是什么着装风格，抽什么烟，用什么牌子的手机能定位的。那是一个有精神生活的人特有的体味。

有一段时间，我对自身读书写字的意义感产生了剧烈的怀疑和松动。我自认无法成为一个真正的作家。在我看来，作家，首先应该从事的是创作型文体，更有博大异己的情怀及虚构力，读书笔记这种二手文体常常让我觉得羞愧和自我质疑，无论你抱着多大的热情和缜密的查证，都有可能会偏离书本和作者的原意。这种偏差对原材料的依赖，常常令人尴尬。

我眼中的作家，多是小说作者（或是诗人、散文家、杂文作者），好的小说家，确实是文学各个工种中，对结构、布局、表述，包括阅世和知识面要求最全面的，小说家往回写评论、散文甚至科普小品，都屡见佳作，比如纳博科夫和毛姆写文学评论，伍尔夫写散文，内米罗夫斯基写传记，契诃夫写报告文学，都很出色。而评论家往前走写小说，则难度较大。甚至像苏珊·桑塔格这样很好的评论家写小说都很平常。创作力不是靠勤奋和钻研能得到的。

就算读书笔记也会有愉悦的受众者，那都已经有了唐诺这样的书评作者以后，还要我这样的人做什么？再说出版业日益萧条，连纸张生产都因此受累减产，在纸版书已经是夕阳产业的今日，出书有意义吗？

上学时我是个成绩很烂的学生，出校门之后从事的工作也很差，类似于打杂。记得很清楚，在我不算很长的打工生涯中，每天早晨我都起不来床，因为我要去被压榨劳动力及时间：为省很少的钱，老板会差遣你去郊区的大市场买办公用品，耗掉一个上午；为了给客户寄广告信，再帮公司贴一个下午的地址。而当我精疲力竭地走在回家的路上，这种廉价的收割青春让我痛苦及茫然，我知道，我错失了一样至为珍贵的东西：生命的意义感。

以上说的是"意义感的匮乏"，下面要说"得到"。

没有贬低任何底层工作的意思，而我的同事，有一些也确实善于钻营后来爬到高位。我只想说：每天都在尽兴地漫翻诗书，在文章里畅所欲言，写了《私语书》《一切因你而值得》的黎戈，和那个埋头贴地址、被老板当成杂务机器的小许，不是同一人。一个人，她的热情和生命力有没有被点燃、焕发、绽放，她能否和最爱的（人、工作、职业）生活在一起，她的人生是不一样的。

《一切因你而值得》出版时，我是新人，书没做好编辑就离职了，后期宣传促销完全没有。这本书能卖空，靠的都是热心网友们的口口相传。书出来时是冬末春初，猪头冒着雪，骑车去工人出版社买了10本书，给我捧场。这类温暖在我的文青生涯里，数不胜数，都是我不能忘记的。很多人提到"文青"，觉得这是个酸腐可笑的词，而在我看来，他们是世界上最可爱的人。

这就是为什么，尽管没有什么文字野心及事业感，我仍然在不舍昼夜地读书，写着谈不上多大价值的文章，并且将继续做一个文青热爱文学到老。这年头发表和出书都不是什么难事，但是在这些以文字交心的日夜里，作为一个文青的身份体验中，我找回了生命的意义。

现在，我的心就像十月的天空，安详洁净，时常有满足快乐的云絮掠过。物质的清减，独处的孤寂，都是我为了得到自由而乐于支付的代价。而一个卑微如我的人，居然能按照自己喜欢的方式，只凭一双手和写字的技能生存，遵循自主的时间表工作，不用伺候各路脸色，无须忍受人际摩擦，还能养活孩子，我以为：自己是幸运的。当我走在秋天的街道，不必赶路，不必急着去打卡，而是，走着走着，就能停下来，看看我最喜欢的树枝张开枝叶、映在碧蓝晴空上的样子，我觉得，自己和它们一样，因自由而美丽、而幸福。